三七荷叶茶

黄聪 著

黄河出版传媒集团
阳光出版社

图书在版编目（CIP）数据

三七荷叶茶 / 黄聪著. -- 银川：阳光出版社，
2024. 12. -- ISBN 978-7-5525-7619-1

Ⅰ. I247.7

中国国家版本馆CIP数据核字第20258M9J35号

三七荷叶茶

黄聪 著

责任编辑　谭　丽
特约编辑　姬曼琪
封面设计　赵　倩
责任印制　岳建宁

出版发行　阳光出版社
地　　址　宁夏银川市北京东路139号出版大厦（750001）
网　　址　http://ssp.yrpubm.com
网上书店　http://shop129132959.taobao.com
电子信箱　yangguangchubanshe@163.com
邮购电话　0951-5047283
经　　销　全国新华书店
印刷装订　宁夏凤鸣彩印广告有限公司
印刷委托书号　（宁）0031328

开　　本　889 mm×1194 mm　1/16
印　　张　15.25
字　　数　214千字
版　　次　2024年12月第1版
印　　次　2024年12月第1次印刷
书　　号　ISBN 978-7-5525-7619-1
定　　价　58.00元

目录
CONTENTS

月香

月香做了一个梦，梦见自己跌进一条大渠里，慌乱地朝渠沿上抓，渠沿光滑，啥也没抓住，被水冲出老远，急得大声喊救命。

月香摸索着拉亮了灯，两手撑着坐起来。胸口堵得慌，半天喘不过来气，像是千斤的磨盘压在身上。全身都是汗，汗水湿了头发，从发梢滴下来，冰凉地滴在脊背上。

撑坐着丢盹了一阵，睁开眼看见一片亮白，恰似梦里白花花的水浪，刺得眼睛生疼，血一下子又往上涌。抬手遮住眼眶，炕那头的三生还在熟睡，轻微的鼾声仿佛黑夜里轻柔的微风，轻轻抚慰着她的不安。炕中间的小羲月安静地睡着，脸上带着浅浅的笑意，一只胳膊露在被子外面，小手捏着的一袋干脆面掉在一边，被褥上撒了不少碎屑。月香俯下身子，轻吻孩子的额头，心里头说我的宝儿，做了啥好梦了，笑得可香甜呢。

枕头底下摸出手机看，才三点过一些，醒得早了。

已然没有睡意。月香思谋着刚才的那个梦，咋就突然做了这么个梦呢？从家乡出来快三十年了，咋就梦见了村上的那条大渠？那条渠，月香记忆犹深，还是在她很小的时候，全村人集体挖的大渠，挖渠的时候爹娘拿块破铺衬铺在王家庄子的夯墙底下，安顿她老实坐在那里，不许和娃们一起来工地上玩。苦干的爹娘抽空朝那边瞄一眼，就能看见她乖乖地坐着自己耍。稍微大一些的时候，那条大渠就是她和娃们玩耍最好的去处，心灵手巧的伙伴们割了渠沿的柳条编个篮子丢在水渠里捞泥鳅。那时候渠里的泥鳅可多，只要丢了篮子下去就没有空的时候，拎回家去清水煮了，蘸点醋吃爽嫩滑口，是记忆中最美的吃食。也出过意外，有一次她不小心被娃们挤进了渠里，要不是上工的大人们跑得快，差点就没救回来。后来再也没有上过大渠，娘的眼泪和爹的巴掌是一辈子都抹不去的记忆。真的怪，今天咋就梦着那条大渠了，咋还想起了爹娘。莫非，前个礼拜给爹娘烧的纸钱没有收到？不应该啊，清明节去岔路口烧纸的时候明明喊得应应的，女子不烧哑纸，每回烧纸都把肠哭罢了才回家。

给羲月掖掖被子，月香轻轻地穿上衣裳下炕，窸窸窣窣的声音还是惊醒了三生。

"几点了？我咋睡过头了。"三生支撑起身子，隔着羲月取过手机，"才三点多，你咋起这么早？"

月香扭头望他一眼："你睡你的，我起来把饭做好。"

三生挠挠头发："天还早呢，你再睡一阵吧，饭我中午回来做。"

睡梦中的小羲月突然叫一声"奶奶"，小嘴儿呷巴两下又沉沉睡去。月香俯身轻轻拍抚羲月，朝三生瞪一眼："你小点声，把娃惊吓了。"

三生望着月香拍哄孙子，取过她的衣裳给她披在背上。月香朝三生轻轻笑笑："天还早呢，你睡下看着娃娃，我做饭去。"

三生睁大眼睛望着屋顶的灯泡出神。顶棚上原本是一套精致的灯光组合，现在却成了摆设，从那里引出一根电线在空中吊个节能灯泡，光不是很亮，也不甚刺眼。饭香味从那屋飘了进来，深邃的夜里，米饭的清香分外诱人。三生还听到滋啦的一声响，然后空气中立刻弥漫着浓郁的芳香。不用看也知道，月香一定是用开水焯了沙葱，现烧香油炝了油花。

月香拎着暖壶进来。"饭煮好了，我多做了些，你天亮起来照看着让娃娃吃好，早上别让娃再吃方便面了。今天星期六，羲月不上学，早上让娃把作业写完，你去市场上把剩下的那几斤沙葱卖掉。多放了一夜，有些都烂了，你把烂的拣出来，不管价高价低今天早晨全处理掉。"

三生坐起来，拄着拐杖下地。

"这么早起来干啥呢？天亮还早得很。"月香从床底取出一个塑料盆，"就在屋里尿吧，不要着凉了。"

"我出去看看，昨晚我看着天气不对劲，是不是要下雨。"

月香扶着三生走到院子里。

天上多云，一团团或暗或明的云朵快速地流动，一弯新月在云缝里露出笑脸儿。

"天上钩钩云，地上雨淋淋。今天别去了，肯定下雨。"

"你看东边亮堂堂的哪儿来的雨，清明才下的雨，才七八天的工夫，沙漠里哪来那么多的雨，你放心吧。"月香说着，扶三生进屋。

　　月香低头亲亲羲月的额头，拉灭灯，挽着篮子出门。

　　天还黑得很，巷子深，街上的路灯照不进来，小巷里没有一丝亮色。月香深一脚浅一脚地朝相反的方向走去。

　　巷子尽头的西边是一条公路。起得早了，公路上不见车辆。夜路有些长，月香出了一身汗。前头的岔路口是公路与小镇那条唯一街道的交会口，无论是过路还是镇子里的车辆出行，都必须经过这里。月香有些兴奋，起得早有起得早的好处，岔路口一个人也没有，这样就没有人和她抢着搭车。

　　月香挎着篮子朝那边眺望，闪烁的街灯仿若一条流淌的大渠，把小镇一分为二。街道上没有行人，也听不到狗吠。他们睡得多么安逸啊。黑夜里，月香的嘴角漾起一丝笑意，安逸的日子她也向往，但并不羡慕，谁有谁的生活，恋床的人也体会不到黎明的清净和安宁。清风微拂，衣衫贴在身上有些冰凉，却也让人更加清醒。

　　东边显出一丝亮色的时候，小镇终于有了一些生气。那边突然传来一声马达的轰鸣，极有穿透力，一下子惊醒了熟睡的小镇，月香甚至听到了几声狗子朦胧的抗议。

　　镇子不大，养车的人家不少，东边那座工厂的生产运销全靠汽车运输。奇怪，今天工厂居然也这么安静，咋就没了往日灯火明烛的喧嚣？月香不由朝那边多看了几眼。

　　赶活儿的司机们从不偷懒，时候一到，不约而同地起来发动车子，如此，整个小镇立刻沸腾起来。

一辆，两辆……汽车一辆接一辆地从月香身边驶过。月香微笑着一一招手。司机们对她视若无睹，过了岔路口一脚油门放开了远去。

一个多小时过去了，月香数得很清楚，从她走到这里开始，一共出去了二十三辆车，没有一辆停下来。月香并不气恼，依旧微笑着朝驶来的汽车招手。微笑是月香唯一能表达喜悦的表情，求着人家就不能吝啬自己的笑容。

天亮了，月香依旧站在岔路口朝街道和公路上眺望。已经数不清驶过多少车辆，无一例外的是他们都没有停。有车过来月香依然微笑着招手，却无法掩饰眼里的焦灼。

天并不是很亮，夜空中的钩钩云汇聚在一起，阴不阴晴不晴的。真的要下雨吗？月香不禁有些犹豫。

就在她抬头看天的时候，一声尖锐的喇叭声惊吓了她，一辆轿车悄没声息地停在身边。月香大喜过望，想也没想拉开车门就上车，一连声地道谢。

开车的年轻人打量着问她："到哪里去？"

月香赔着笑脸说："到七十二公里处的大滩上。"

"二十块钱。"年轻人看着前边说。

月香吃一惊，半张着嘴看他。

年轻人也望着她，月香在他眼里看到了一丝鄙夷的神色。

"对不起对不起。"月香赶紧下车。

似乎是有一股怨气，轿车低沉地吼叫着迅速离去。

月香轻轻叹口气。

钱，不是没有，贴身装了二十块钱。这钱是给返回时准备的，回来的时候一旦搭不上便车，那就得坐五点钟的最后一趟班车，从旗里到镇上二十块钱，从大滩到镇上十五块。这样的时候不是没有，却很少发生，不到万不得已的时候是不打算用这钱的。

赶早的车辆都出去了，没有谁肯为月香停下来。那几个熟悉的司机咋就没有看见，车坏了还是昨天回来晚了没赶上卸车？已经七点了，月香有些烦躁，像今天这样搭不上车的情况还真没有过。较往日，只要招一招手，司机们很乐意停下车捎她一程，下午返程时再捎她回来。一来他们曾经和三生父子一搭里跑过车，也都知道她；二来这孟春时节的沙葱鲜嫩味足，也算稀罕之物，月香每次回来都给司机留下一些。但是今天却不太对劲，那么多的车，咋就一辆也不停呢。月香再一次抬头看天，阴云堆积，那么厚，那么沉，阳光都不能穿透。肯定要下雨了！

想着不去了，这就回家陪孙子吧，却心有不甘。前天在大滩上发现一大片沙葱，像是从来没有人来过，那么多，那么密，才几个小时就装满了带的家私。现在正是卖沙葱的好时节，一斤最高能卖到十块钱，前天出去那一趟采了三十来斤，除去还剩下的七八斤就已经卖了两百来块钱，这行当真的能养家呢。月香盘算着只要雨不大，到了那里只要给她几小时的时间，她就能采满一袋子，袋子装满就回，再多也不贪心。

早班车开过来了，给她打声喇叭，月香摇了摇头。

望着班车远去，月香半天没有回过神儿，钱，不是现在能用的。

一缕阳光从云隙间挤了出来，像是把天捅了个窟窿，给小镇披上了一层金。

太阳出来了。我就说，哪儿来那么多的雨呢。

月香眯眼望着阳光，她的身体和跟前的房屋以及远处的沙漠都被染成了古铜色。

月香在岔路口徘徊，她相信会有一个好心的司机停下来。这世上还是好人多，不是吗？自从家里出了事，靠着去沙漠采沙葱不也能养家吗？这还不是司机们给帮的忙。月香想得开，谁也有不方便的时候，谁也有心里不顺畅的时候，人家帮你了是情分，不帮你是本分。想开了，心里就豁朗了。

果然，月香转过身的时候，真的就有一辆车停在跟前，一辆又高又大的高级轿车。

月香有些不相信自己的眼睛，转身看看，身边并没有别的人。

右侧的车窗降下，司机是一张温和的脸。"上来吧。"

"谢谢，不，我没带多余的钱。"月香有些受惊，语无伦次。

"快上来吧，还啥钱不钱的，一个卖沙葱的能有几个钱，昨天我还吃了顿沙葱饺子呢。卖沙葱的三生是你家老头子吧？我们一起跑过车。上来吧，我带你一程。"

轿车好高，月香上来有些吃力。

月香在心里笑了，这么高级的车还是第一次坐。路程似乎短了许多，还没等把喜悦的心情平复下来，突然闯进了熟悉的地形。

"天气预报说今天有雨，少采点，早些打车回去。"下车时司机微笑着叮嘱一句。

还是好人多啊，笑容能感染人，司机温和的微笑让月香心里暖暖的。

月香下了公路，朝路边的戈壁滩上走去。

沙葱是个好东西啊，但凡镇上的居民都好吃这一口，尤其是这开春的沙葱，香、辣、鲜、脆，家家都要买点回去尝鲜，也是饭店酒桌上必备的菜肴。起初，人们采沙葱是自家储备冬菜，那时候交通不便，镇上到了冬天就见不到新鲜蔬菜，国庆节那几天，家家户户男女老少搭车去乌兰布和沙漠里的公路边上采沙葱，回来腌制在一口口大缸里。那个时节，整个小镇都弥漫着沙葱特有的辣香味儿。后来，采沙葱就成了一种职业，一些居家的妇女不甘清闲，搭车去野地里采了沙葱来卖，居然也是一份好收入。月香三年前才进入采卖沙葱这个行当，入了行才知道采沙葱的艰辛。每年四月到十月，每天天不亮就得起来到路上搭车，能不能搭上车是一回事，能不能采到沙葱又是一回事。毕竟，沙葱这东西是野生的，好一年差一年，得看老天爷的脸色，下点雨就长得好，天旱了出得就少。好的时节蹲在那里不挪窝儿，个把钟头就能采一麻袋；差的时候跑断腿也采不来一篮子。还得提防刮风下雨。沙漠里雨水少，风却多。风无常，来去没有征兆，大风起时遮天蔽日，黑得啥也看不见。有个伴儿还好，互相依偎着也不甚害怕。一个人的时候可就不好说了，蒙着头紧紧贴伏在沙丘下动都不敢动，就怕被风卷走了。月香不爱和那些婆姨们一起，嫌她们爱叨叨，谁家还没有个啥隐秘的事情，干啥到处宣扬，传得到处都是闲话。在这个行当里，月香是个独行客。也不是不爱和人一搭里走，就怕人家追根刨底地问她家里的事，那是月香的心病，每每想起心里就疼得很。

才过了清明，地皮儿刚刚回暖，百草还未发芽，这片大滩就已经显得郁郁葱葱了。冬青是沙漠里最常见的植物，也是沙漠里唯一的常绿灌木，一旦扎下了根，那就枝连枝片连片地展拓拓地铺展了去，一眼望不到头。月香喜欢冬青，无论春夏秋冬，总是活得那么茂盛。人就该像冬青这样活着，一年到头都有个精神气儿。看惯了黄沙戈壁，突然置身这青翠的漠野中，嗅着冬青待放的花蕾散发出特有的芳香，心里有说不出的舒畅。似乎，心底里所有不顺心的事儿都舒展了。

沙葱绝对是大漠里最早发芽的植物，天气变暖的时候，只要落几点雨，或者地皮上有那么一点湿气儿，它就能发芽。先是一根细细的黄芽儿探出头来探寻春的气息，几天时间就一丛丛一簇簇点缀了焦黄的地面。吐纳知新，冬青滩上凝聚了大量的湿气，适于百草生长，沙葱最早把握了这个机会。

月香取出篮子里的编织袋，塞进一丛冬青里，提着篮子蹲下身子采摘沙葱。前些天下过雨，沙葱长势旺盛，站着看也没啥，蹲下来就看见地上稀稀拉拉地长着许多细细的沙葱。不过，还是不到时候，沙葱还没有起墩儿，只能蹲下来一根一根地揪，半跪半蹲地挪动一大片地方才能揪那么一小把。

天气阴沉，隐去了沙葱嫩绿鹅黄的颜色，和去年的黄草杂在一起几乎不能辨识。月香采得很仔细，不停地挪动脚步，一根一根地揪，个把小时篮子里就顺顺地铺了厚厚一层，青翠的颜色令人垂涎欲滴，空气中弥漫的辣香味儿直往鼻子里灌，不由得打几个喷嚏。采沙葱是个细活，月香采的沙葱绝对不带一根杂草，一边采一边捡拾干净了，尖对尖根对根顺顺地摆放在篮子里或者装在编织袋里，省了顾客捡菜。

　　采沙葱是月香的事，经常两头不见太阳地在荒天野地里奔波。卖沙葱一般是三生在做，因为月香采摘的沙葱干净整爽，卖相极好，到了市场往往打开编织袋就有人争着来买。尤其是那些开饭馆的，十斤八斤地订购。有时候市场上沙葱多了不好卖，三生便一斤一斤分开装了袋子，拄着拐杖挨门挨户地送去，也能顺顺当当地卖完。

　　月香累了，汗水湿透了衣衫，冰凉地贴在身上。直到装满了篮子，月香才站起身，揉揉酸麻的双腿，向着远方眺望。

　　阴云低垂，东边的地平线几无亮色。起风了，漠风夹带了一些湿气，潮潮地从身边流过，漫滩的冬青更显青翠。

　　风是雨的前兆，雨就要来了。

　　月香解下头巾擦了擦汗，把头巾挽在颈上，提起菜篮找见编织袋，把沙葱顺顺地装进编织袋里。早起什么也没吃，肚子饿了。月香把饭盒装回编织袋，拧开矿泉水瓶喝了几口凉开水，快速地朝那边走去。

　　赶在雨来之前，一定得把袋子装满。

风吹冬青沙沙地响，那一根根细细的沙葱苗儿随风轻摆，似乎是向辛勤的月香弯腰致敬。月香隐身在冬青丛里左右开弓，恨不得再生出一只手来。汗水从发根渗出流过额头凝在眉梢。采沙葱的手辣味太重，月香摇一摇头，摇落几滴晶莹的汗珠儿。

湿气渐重，地面上的一切都模糊了，分不清哪是草棵哪是沙葱。月香跪在地上一步一步地挪，身后留下一溜儿长长的印记。

雨，悄无声息地来了，细润的雨丝儿像小羲月的手，轻轻地抚摸月香的脊背。地面渐渐变了颜色，焦黄的沙土贪婪地吮吸空气里的水粒儿，把大地染成深褐色。月香的裤腿湿了，雨雾凝结成水，湿了头发，湿了衣衫，湿了菜篮里的沙葱。随着身体的挪动，身后显出干土的印痕，随即被湿漉漉的空气浸染了。

雨渐大，雨滴儿落在地上砸得沙粒飞溅。月香不得不起身，拖着编织袋藏身在一丛冬青树下。

冬青虽然低矮，却很繁茂，树丛下的空隙里暂可藏身。月香蜷在冬青树下，远眺那边的公路。公路上水汽氤氲，呈现一片亮色，像是一条跳跃的大渠。一辆汽车从路上驶过，水花绽放，仿佛拖着一条水色的巨大尾巴。

雨越来越大，极目眺望，却无法看远，冬青滩上泛起一层白的水雾，密密的雨滴儿落在冬青上沙沙地响，冬青树下已经找不到一块干燥的地方，月香全身湿透了。雨水冰冷，浸润了肌肤，冷到骨髓。月香感觉从没有过的寒冷，缩着身子不停地打冷战。

得找个避雨的地方。然而冬青滩上再无遮拦。月香知道西边有一道砂砾的山崖，朝向东边有十几个洞窟，从前是个庙宇，后来拾发菜的外地人在那里住过，月香也曾经去那边采过沙葱，是个避雨的好地方。只是那里太远了，个把钟头才能走到，那时候怕是再没有力气走回来了。关键是那里离公路太远，就算看见远处来个车也不赶趟。该往哪里去呢？月香蜷身蹲在雨地里，瓢泼的雨水无法洗去她脸上的焦虑。

又有一辆汽车从公路上驶过，雨声淹没了汽车的轰鸣，月香看着汽车拖着那条巨大的尾巴迅速地消失在雨雾中。

有了！灵光一闪，月香背起编织袋朝公路跑去。

顺着公路跌跌绊绊地走了半里多地，月香找到一处涵洞，不假思索地钻了进去。解下头巾擦擦脸上的雨水，月香打量这个涵洞。洞里幽暗，并不是太大，虽不能直立，却也够宽敞。满圆的洞子很干净，底部有一层细细的黄沙，西边的洞口被一些枯黄的蓬草堵住了，当是风卷过来挡在那里的。真是避雨的好地方呢！

月香打了个喷嚏，冷得缩起身子，她听到自己牙齿打架的声音。

得生个火。

月香靠坐在洞口望向外边，外边有的是柴火，那些冬青就是最好的烧柴，只是全被雨水淋湿了。

月香失望地收回目光，半躺着蜷缩在细沙上，似乎，还有些温热。忽然瞥见洞口那边的蓬草。哎呀，那不是好烧柴吗！月香无法掩饰自己的喜悦，翻身坐起朝那边爬去。

真的是干燥的枯草，一团团堵在洞里，差不多有半个涵洞，难怪这里面这么幽暗。

月香从贴身的地方摸出个方便面袋，说不清是因为冷还是激动，双手抖得厉害，半天没能打开。月香把方便面袋捧在嘴边，咬在嘴里撕，牙齿打战不听使唤，方便面袋掉在地上。月香使劲搓揉自己的脸颊，捡起方便面袋朝下抖。应急的二十块钱掉了出来，救命的一个打火机也掉了出来。

月香取来一团蓬草放在洞口，颤巍巍地打着了打火机。蓬草干枯，遇到火星儿立刻燃烧起来，洞子里立马亮堂了，一股热气朝身上扑来。月香跪在那里，伸开双臂烤火，整个身体像是搂着一笼火。火焰炙热，烧到月香的手，倏地收回。身上还是冷得厉害，月香又听到了自己牙齿磕碰的声音。

蓬草易燃，但不持久，不过两分钟火焰就黯淡了。月香爬过去又抱回一些蓬草点燃。

涵洞里渐渐温暖起来，月香紧缩的身体舒展开来。月香低头把头发上的雨水擦掉，脱下衣裳拧水，水从指缝渗出滴在沙地上。月香抖抖衣裳想把它穿上，犹豫一下，把衣裳铺在沙子上。然后脱下裤子拧水，也铺在沙子上。朝洞口望一望，把贴身的汗衫也脱下拧干，贴在洞壁上。而后月香坐在火堆前梳理头发，火光映红了月香已经不再年轻却依然柔美的身体。

火光忽明忽暗，肚子咕噜响了几声，这才想起从早上到现在一口东西都没吃。月香从编织袋里掏出装饭盒的塑料袋。和饭盒一起装着的是一部手机，通信公司给六十岁以上老人赠送的那种手机。

月香刚过了五十岁，这部手机是顾客送给她的，人家嫌这手机功能少，待机时间短。月香给三生拨了个电话，手机里一点儿声音也没有，再看手机屏幕，信号是一个叉。月香自言自语，这天气，咋就信号也没有了。

月香把饭盒放在腿上，小心地打开盒盖，凉拌沙葱的清香立刻弥漫了涵洞。月香吃饭很慢，不论什么场合，月香吃饭总是很慢，这和行事果断利落的性格有些不符，以前三生为这没少责怪她，月香依然我行我素。一饭一羹当思来之不易，人生一世，没有比吃饭更重要的事了，其他事都可凑合，唯有吃饭必须讲究，可以没有肉，也可以没有菜，即便是一块干透了的馍馍也要细细地嚼，慢慢地咽。五谷养人，必须怀感恩之心，吃饭不仅是喂饱了肚子，吃饭更是一种享受，细嚼慢咽才能品味饭菜的味道。

涵洞里蓬草真多啊，蓬草底下还有一些干枯的冬青枝条，那可是硬柴火，耐烧。月香烧火很仔细，一点一点地在火堆上投放烧柴，不让火熄灭。不知道这雨什么时候停，烧柴也得精打细算。

取过菜篮里的手机，还是没有信号，已经中午两点多了。镇上是不是也下雨了？小羲月写完作业了吗？也不知道三生有没有把那几斤沙葱卖出去，沙葱这东西是好吃，就是不经放，最多两天就烂了。

月香斜靠在洞壁上，望着洞外的雨帘。火光闪耀，雨雾婆娑，月香的心情忽冷忽热。

月香在火堆里填了一团蓬草，一个火星儿溅在胸前，月香条件反射地打个激灵，仿佛一支锋利的箭射中了心房，痛到极致。月香捂着胸，眼角渗出了眼泪。继而，眼泪突然像决堤的洪水，喷涌而出。月香半张着嘴，大放长声地痛哭起来。

三年前，月香家的生活条件可不像现在这样恓惶，三生父子俩经营着一辆大货车跑运输，在镇上也算是殷实人家。那时候月香也不用这么辛苦，一门心思地操持家务，照顾孙子。

月香怎么都不会相信灾难会突然降临在自个家里。那天凌晨，三生父子俩按时出车，儿子小栓开车，三生在旁边打盹。天刚麻麻亮的时候，小栓有些困了，出了山是一溜儿的下坡路，小栓习惯性地摘了档滑行。突然，一辆没有任何灯光的皮卡车从小路蹿上了公路，小栓躲闪不及，直接撞了上去。

那次车祸可真够惨啊，惯性使三生从车上甩出去断了一条腿，那辆皮卡车上一家四口全部遇难。

一场车祸彻底掏空了月香的家，赔了车卖了房依然无法担负车祸造成的损失，三生失去一条腿，小栓因交通肇事罪判了五年刑，一家人只好借住在别人家里。祸不单行的是，小栓媳妇在小羲月的衣兜里留了个纸条离家出走，再也没有回来。

生活的重担一下子压在月香身上，没有人知道月香背地里流了多少泪。然而月香必须硬挺着，残废的三生需要她照顾，年幼的孩子离不开她。

没有了一切生活来源，月香去给餐厅洗过碗，也起早贪黑地扫过马路，直到发现采沙葱这个行当。

即便生活过得艰难，月香还是省出钱每年长途跋涉去探望一次儿子，每一次见面儿子都会跪倒在她面前号啕大哭。从小到大，小栓非常自立，从来没有受过委屈，从来没有流过泪，如今身陷囹圄，七尺男儿只有见到母亲才会那么伤心。儿子的眼泪把母亲的心揉碎了。儿子瘦了，儿子黑了，儿子像是老了七八岁。月香抱紧小栓，眼泪长流，一遍一遍安慰他不要担心家里，听从管教，争取减刑早日出来团聚。月香始终没有告诉小栓媳妇离家出走的事，怕他受不了这个刺激。今年春节前几天去探监，见了面小栓还是哭，哭罢了告诉她因为表现好受到两次减刑的奖励，总共减刑半年，再有一年就能出来了。月香把儿子搂得紧紧的，悲喜交加。

风向变了，雨丝儿飘进洞口，火堆熄灭了。

雨，淅淅沥沥地下。月香望着洞口的雨帘默默地思考。

冷气从洞口灌了进来，月香打个激灵，转身取过衣裳穿上。衣裳干了，宽松的衣裳包裹了她曼妙的身体。

回头看看涵洞里柴火还有一些，月香又把火点着了。热气漫散开来，涵洞里温暖如春，仿佛与外面的雨天是两个不同的世界，月香有些迷糊了。

得多攒些钱，等小栓出来了重新找个营生，从监狱出来是不太光彩，但是咱没杀人放火，车祸那是意外事故，谁也别笑话谁，说不准啥事儿就落在谁家头上。媳妇三年没有音信，留下才三四岁的娃娃说走就走了，真能下狠心。这样的媳妇走了就走了，小栓估计也不会去找寻，小栓要是有那个心思那就让他去找，去认清一个狠心的女人也好，看清了也就死心了。只要我娃行得正，不愁说不下媳妇。还有小羲月，多可爱的小丫头哟，才多大的一点人儿，可知道疼人了，整天跟在爷爷后面，扶爷爷走路，帮爷爷捡菜，给爷爷说故事，简直就是爷爷的一条腿。现在娃娃上学了，要让我的小羲月吃好穿好，把娃打扮得漂漂亮亮的，绝不能落在人家后头，不能让孩子受了委屈。

想到小羲月，一抹笑意显在月香脸上。

月香困了，思想着，迷糊着，慢慢地睡着了。

月香又做梦了，又一次梦见了家乡的那条大渠。年幼的月香和伙伴们在渠沿上玩耍，一个个伸长了胳膊把柳条编制的小篮子下在大渠里捞泥鳅。突然，月香被伙伴们挤下了大渠，浑浊的流水把她冲出好远，月香死命地哭喊挣扎，一群孩子呼喊着沿着渠沿奔跑。

"救命，救命啊！"睡梦中的月香喊出了声。

浑身冰凉，月香伸手朝渠沿上抓，一次次地抓空了。月香感觉自己就像一片水面上漂浮的柳叶儿，随着水流起起伏伏。

轰隆隆的巨响把月香惊醒了，辨不清头顶汽车驶过还是雷声。月香睁眼发现自己躺在泥水里，雨水从涵洞那头流过来，没过小腿。月香赶紧爬起来，惊恐地望着洞口。堵住洞口的蓬草在晃动，好像外面有人使劲地推揉一堵即将坍塌的墙壁，泥水从蓬草的缝隙里汩汩涌入。突然，蓬草夹杂着泥水迅猛地涌了进来，狠狠地砸在月香身上。月香来不及反应，被裹挟着冲出了涵洞。外面什么时候有了一条大渠，月香在大渠的泥水里翻滚，拼命地向着渠沿靠近，眼看就要爬上渠沿了，身下的泥土突然坍塌，又被冲走十几米。月香明白了，这不是故乡的大渠，山洪下来把她冲进了洪沟中。惊恐无助的月香在洪水里挣扎，无情的大水一次又一次地把她打翻。水越来越大，筋疲力尽的月香绝望地呼喊"救命"。然而在这荒无人烟的大漠里，在这漫天水色的大雨里，没有谁能听得到她的呼喊，更没有人知道有一个采沙葱的女人在洪水里挣扎。

洪水凶猛，月香在泥水里翻滚，冰冷的雨水麻木了她的四肢，求生的本能促使她不住地挣扎，无助地舞动双臂，希望能抓住什么。突然，月香感觉自己从高处跌落下来，又被高高抛起，手臂碰到了什么，本能地伸手抓住了。冬青，是冬青枝条，月香抓住了救命的树枝，使劲地往上爬，爬到离洪水沟够远的地方才停下来喘气。身后有重物入水的声音，沉闷的一声响。月香回头发现刚才救命的那一丛冬青和它扎根的沙丘一起从眼前消失了，赶紧又爬远一些。

雨如瓢泼，月香趴在沙地上冰冷的泥水里昏睡过去。冥冥之中，似乎听到一个声音在呼唤，好像小羲月在呼唤奶奶回家，她看见小栓在监狱的铁窗里朝这边遥望，她听到三生一把鼻涕一把泪的呼喊声。麻木的神经渐渐恢复知觉，月香抬起头，眼前是一片汪洋，身下的水足有一寸厚。想爬起来，手脚不听使唤，仿佛不是自个的。

沙葱、手机、菜篮子，全没了。什么都没有了，月香的心一下子空了。

月香趴在雨地里啜泣。先是抽抽噎噎地哭，接着便是大放长声地哀号。

麻木的不能再麻木了，月香慢慢地蠕动身体，一点一点地活动筋骨，双手扶地，支撑着站起来。风紧雨急，月香差点又被打倒。

从没见过这么大的雨，沙漠里已经看不见地面了，到处都是水，分不清东南西北。从没有过的安静，静得只有落地的雨水声，淹没了洪水的咆哮。

不能再待在这里，涵洞又不能待，得赶紧搭车回去，不然非冻死不可。月香朝着洪水上游蹒跚走去。

到处都是洪沟，几乎寸步难行。雨水汇集形成无数条洪流，把大地分割成一条条的，所到之处，植被无存。

月香艰难地爬上了公路。公路上积水漫过脚面，两边的护坡上到处是雨水外泄的沟壑。月香站在雨里瑟瑟发抖，朝南边眺望。

那边有一辆车过来了，走到近前才发现。汽车没有减速，溅起的雨水差点把月香激下公路。

现在几点了，四点还是五点？这么大的雨，班车发没发？末班车已经过了吗？

月香摸了摸贴身的口袋，装着钱和打火机的方便面袋还在。到了用钱的时候了。

望了许久，那边再没有过来汽车。平日来来往往的汽车都到哪去了，莫非都因为下雨不出门了？

风紧雨急，月香孤零零地候在公路上。时间似乎静止了，月香抱紧双臂朝那边张望，她听到了自己心脏撞击胸膛的声音。

前面有一点亮光。看见亮光的时候汽车欻地从身边驶了过去，激起的雨水又一次把月香浇了个全身透。月香顾不上躲闪，蹚着雨水朝着汽车追过去。

"班车，等等，等等我啊——"

月香看清了，那是一辆班车，呼喊着跟着汽车跑。

汽车终究还是没有停下来。

跌跌撞撞地跑了半天，月香渐渐慢了下来，望着汽车消失的方向喃喃自语。

"班车，咋不等等我啊——"

月香忽然意识到这可能是今天最后的一趟班车，恐惧一下子攥住了她的心。

一股怨气从胸腔爆发，月香恨恨地骂了一句，然后蹲下，犹自望着那边嘤嘤地哭泣。

"等等我啊——"

车，并不是没有，陆续驶过几辆汽车。只是，谁也没有发现路边雨水中招手拦车的这个女人。或者，有人看见了，却不想停下来。

天色已晚，过路的汽车都开了大灯，这样的雨夜，视野有限，更不容易发现路边有人。

月香冻得直打哆嗦，每一辆车灯都点燃她回家的希冀，却总是让她失望，犹如这劈头浇下的雨水。

月香想站在路中间去拦车，这样的话司机肯定能看见她。但是她又有些后怕，万一，万一司机没有看见呢？

犹豫间，一辆汽车驶过去了。月香下意识地朝公路中间靠近，近一些，又近一些。

那边来了一辆车，月香尽量直起身子，朝那边不停地招手。头皮发麻，心提到嗓子眼上，心里一遍又一遍地念叨。

"求求你，看见我，看见我，看见我啊！"

车速并不是很快。这样的雨夜，司机们总是特别地警惕。

汽车驶近才突然发现站在路中间挥舞双手的月香。司机受了惊吓，猛地一把方向躲过去。月香也被吓到了，汽车离自己那么近，眼看就撞到了，月香吓得一声凄厉的尖叫，摔倒在路上。

那辆汽车像个喝酒的醉汉，在路上摇摇摆摆左右冲突了几回，终于停下了。不及停稳，又忽地迅速消失在雨雾中。

冰冷的雨水让月香清醒了。

我不能这样，绝对不能这样，害人害己啊，刚才差点就没命，害得那辆车也差点翻下路去。

月香望向遥远的黑暗的北方，她的目光似乎看透了黑夜的雨幕，我要回家，就是走也要走回家去，三生和小羲月在家等着我呢。

蹚着泥水走了一阵，月香浑身颤抖冷得迈不开脚步，不得不蹲下来蜷着身子。天黑尽了，风还是那么大，雨也没有停下来的意思。

月香彻底地清醒了，不能再走了，这么走下去不叫汽车撞死也得冻死。

月香仿佛看见了家人们殷殷的期盼。小羲月趴在窗台上朝外面张望；小栓在铁窗里为妈妈祈祷；三生呢，三生拄着拐杖挨家挨户去养车的人家打问她的消息……

我的亲人呢？

月香蹲在雨中搜寻，黑夜吞噬了一切，什么也看不见。

突然，月香打个激灵，啊呀，咋把那个地方忘记了？

月香想到了公路西边的那个山崖和那几个洞窟。对呀，那可是个遮风挡雨的好地方呢，凑合一晚，明早还可以继续采沙葱啊。

摸摸贴身处，打火机还在。月香心里又燃起希望的火苗。

视野忽然开阔起来，月香面前出现了一条平坦的大道，前方闪耀着家里才有的温馨的灯光。

月香拢一拢头发，迈开脚步朝前方走去。

雨，淅沥沥地下着。

原载《安徽文学》2017年第4期

三七荷叶茶

　　快递送来一个包裹，寄件地址是湖北天门，没有寄件人的名字，也没有电话号码。我很纳闷，把所有的朋友想了个遍，猜不出是谁寄的。包裹包得很仔细，一层绕一层。里面是两只小巧的茶杯，真正的昆仑玉，白若羊脂，晶莹剔透。很久没有这么激动了，双手竟然有些颤抖。是歆玉，我记起了那个素洁淡雅的女子。包裹里还有两件东西：几片阴干的荷叶和一些三七。没错，我就是用这只茶杯品尝了三七荷叶茶。

　　小镇在盐湖边上，盐湖在沙漠边上。我从沙漠的那一头来到了盐湖。盐湖是我出生的地方，少年时走出去，其间又回来过几次，我相信每个人的心底都有根的情结。我的祖父就埋在盐湖边的沙漠里。父亲说等到了那一天，让我把他也埋在那里。说老实话，虽然出生在盐湖，对盐湖也有一些感情，但我真不觉得盐湖和这个小镇有什么好。荒凉、偏僻、寂寞。不过，等所有的事都了了的时候，那边的沙漠倒是个好的归宿。所以，我笑着答应父亲，到时候一定做到。父亲说你应该写写盐湖，写写盐湖上的那些挖盐工，我们家两代人的精力都给了盐湖。我也答应了父亲。其实早就有这个计划。盐湖是沙漠里的聚宝盆，从古到今，只要肯下力气，来这里总能找个饭碗吃个饱肚，是个养人的地方，在河西走廊乃至西北、华北都有着非同一般的影响。我想以父辈的故事写一部长篇，写盐湖的历史。

夏天日子长，在华莹公司档案室里闷头翻了一通材料，还没干点啥就到了下班的点，居然被人家下了逐客令。档案室的小张过来整理我翻过的材料："王老师，要不你明天再继续看？"

六点多了，天气还是特别的闷热，街上没有几个人。信步走着，对面一家茶楼的招牌突然跳进眼里，三七荷叶茶。这个名字有些古怪，我朝那边走过去。于是就看见了歆玉，清爽雅淡的气息给炎热的夏日带来一些凉意。

"你好，要买茶叶吗？我这里有新到的普洱。"

一楼是展室，也就二十来平方米，三面墙壁都是仿紫檀的博古架，一直顶到屋顶，各色茶品错落有致地摆放在上面，倒也显得古朴，屋里弥漫着茶叶的芳香。正中是一个不规则的茶几，颜色呈碧绿，说不清楚是什么玉。应该是整块的玉，朝上的一面磨平了，露出玉的特质，不规则的花纹看起来居然特别和谐，好像一轮朦胧的月淡淡地散发着光辉，月下，似有一人仰望。"李白邀月，太逼真了！"我脱口称赞。歆玉淡淡一笑："有人说是蛤蟆望天。"俯身细看，说月下的影子像一只蛤蟆，实在有煞风景，我不禁摇头，有些东西只可意会，心里装着什么就看见了什么，暗恼这个美丽的女人居然如此粗俗，与这里的陈设和茶道格格不入。"从这个方向看，就不是蛤蟆也不是李白了，这块玉真正的名字是闭月羞花。"歆玉说。我朝那边看过去，果然，月下的影子仿佛国画中的一簇牡丹，牡丹旁边淡淡的纹路显然就是一位身材姣好、衣袂飘飘的女子，真的有闭月羞花的意境。"你是第一个说李白邀月的人，你是个诗人吧？"歆玉的笑容依然很淡。我不由得多看了几眼，她本就是一个淡雅的人，一身素衣，飘逸的气质似乎拒人于千里之外，却也让人产生一些遐想。我喜欢这种古朴恬淡的气氛。

　　"请问，我能为你做些什么？"歆玉问。"我想一个人静一静，随便泡一壶茶上来吧。"说着，我朝楼上走。去过许多茶楼，我知道茶室一般都在楼上。歆玉却说："对不起，我这里不接待茶客。"我怔住了，回头看她："不接待茶客干吗挂着茶楼的牌子？我只想静一静，一会儿就走。"说罢，自行上楼。楼上果然是茶室，不设桌椅，比地面高出一层的茶座上置一茶几，也是整块的玉，通体墨绿且不规整，面不平整，原是一幅浮雕的荷池，墨荷半开，莲蓬低垂，荷叶展展地铺开，似乎有露珠滑落，一对鸳鸯从另一片荷叶下探出半边身影，给人遐想的空间。几上的茶具也是玉，薄而不透，像极了传说中的夜光杯。茶座同一楼的博古架材质相同，也是紫檀的颜色，放着几块手工织锦坐毯，图案精美，做工极为精致。看来这里不是一般人消费的地方。我很纳闷，在这偏僻的边塞小镇，怎就有这么个充满了浓郁的古典文化气息的地方，来这里消费的又是些什么人。更为惊讶的是，靠墙有一张古朴的案几，莫非是真的紫檀，屋里有一股淡淡的檀香。案几上笔墨纸砚俱全，铺开的宣纸上只写了一个字：荷。字体娟秀，却也颇有力道。我转向跟着上来的歆玉："你的字？"她的声音有些冷："对不起，这里是私人会所。"我注视着她，一个女人，谙茶道兼修书法，绝对不是个简单的人。同时我有些恼怒，被一个有才情的女人轻视是很让人难堪的。她说得明白，这是私人会所，我不是她服务的对象。我在心里冷笑，巴掌大的小镇，什么样的人我没见过，镇上那些有脸面的人物哪个不把我当座上客，怎就想安静地喝个茶都不行？这里是我家乡，居然还有我不能来的地方。我朝她笑笑，转身捻起书案上的狼毫，蘸足了墨，在"荷"字旁边用隶书写了四个字：精行俭德。写罢，下楼。我听到歆玉说："请等一下。"回头看她。"先生请留步，我这就给您沏茶，您喜欢什么茶？""哦，不是说私人会所吗？"歆玉笑了，笑容很美。"现在您就是我的客人，您随时可以来喝茶。"态度变得好快，我很得意，找回了被轻视的自尊。我很佩服这个女子的智慧，从字中看懂了我的意思。《茶经》上说："茶之为用，味至寒，为饮，最宜精行俭德之人。"

我成了这间茶楼的常客，接连一个多星期，每天都来消磨一阵。歆玉的性情很好，和我说话也很投缘。歆玉深谙茶道，甚至能细解《茶经》。我自嘲班门弄斧了，难怪那天她看我写的四个字后马上留我品茶。

"出去走走吧。"有天我说。

"去哪里？"歆玉抬眼望着我。

"我想去盐湖看看。"

歆玉的眼睑垂下来："哦，你去吧。"

"走吧，整天待在屋里闷坏了，出去散散心。"

歆玉抬头笑笑："你去吧，下午老徐要回来了。"

"老徐？老徐是谁？"一个多星期，我从来没听她说起过任何人，我也不曾问过她的家世，我以为她的世界里只有她一个人。

"别问了，你去吧。"歆玉不吝啬她的笑容，如荷池轻漾的清波。"下次，下次我陪你去沙漠里散步。"

我在湖心盐巷里找到了老偏头。老偏头是个老盐工，五十多了还在这里操勺把。大铁漏勺重十几斤，再捞上二三十斤盐气都不带喘一下。我试着像他那样从卤水池里捞一勺盐，使出吃奶的劲儿也没能把这勺盐举过头顶扬撒在地方上。老偏头龇牙笑了，嘴快扯到腮帮子上："娃子，不行，比你老子那会儿差远了。"

我的父辈祖辈都是盐工，当年也是这么下苦。小时候曾经跟着老师来看过盐工捞盐，父亲挥汗劳作的情景深深地印在我的脑子里。年轻的父亲光着膀子，油亮的皮肤在阳光下发出金属的光泽，前倾着身体使劲把巨大的铁漏勺擩^①在碧蓝的卤水里，身上的肉疙瘩像是装了满口袋的山药蛋，脖子上、胳膊上的血管似乎要爆裂出来，汗水挂在脸上，流到脖子上。铁漏勺在卤水里慢慢划动，渐渐隐现，父亲就势直起了身体，漏勺扬起一道白色的曲线，晶莹的盐粒撒在

---

① 擩：插，杵。捞盐工工作术语。

他身后的盐堆上。那一天我哭了，我被同学取笑父亲是个挖盐的，觉得父亲给我丢了人。

老偓头曾经是父亲的小徒弟，当年的他还不叫老偓头，父亲叫他犟怂，不太听话。现在，老偓头就是这些盐工的头儿，看他捞盐我仿佛看到了父亲的影子。

老偓头的话头儿长，说起当年的事滔滔不绝，从他的话语里能听出对父亲的敬重。"那时候你还小，不记事，我们几个都是十几岁的半大小子，干活下大力气，一天三个馒头根本吃不饱肚子，师傅隔三岔五就把我们叫去家里，苦菜面、榆钱儿糊糊、玉茭子馍馍，不管清稠总让我们分着吃一些，那个香啊。"老偓头说着还咂巴几下嘴巴，仿佛吃了什么特别的好东西。

静下心来听人们讲述过去的事是一种享受，会说的人能把你的思绪带进那个时代，跟着他们一起欢乐一起伤心。我从未这么真实地体验过父亲吃过的苦。父亲从来不和我说他曾经的苦难，他的故事里只有对年轻时快乐的回味和留念。

这么聊着就忘了时间，耽误了老偓头干活。

"能挣两个是两个，挣不上算了，干了一辈子还在乎这一会儿。"老偓头说。

那边来了一辆越野车。发小邱三领人朝我走过来。"啥时候下盐湖了？去你房间没找着人，也不说打个招呼给你派个车。"

"不是怕打扰你嘛，就几步路的事，能不麻烦就不麻烦你了。"

"怕麻烦你再别来。"邱三捣了我一拳，面朝同伴，"认识一下，我同学，大作家，这位是徐总，也是好哥们儿，今晚一起吃饭，多聊聊。"

徐总和我握手的幅度挺大，显得特别热情。"经常听邱部长说起你，如雷贯耳啊，大作家，了不起，了不起。邱部长，今晚的饭我请了，说好了啊，我得好好和王老师亲近亲近。"

"行啊，看吃不穷你。"邱三笑。

徐总拿锹把垒得整齐的盐堆掀开一角，抓一把盐粒看水分。"老倔头你们弄个啥儿事，多少天了才出这么点盐啊？"

"人又不是个机器，得一勺一勺地来，平均一人一天四五方，够快的了。"老倔头说。

"快啥呀，今年任务是二十万吨，照你们这个速度，挖到明年也完不成。"

"人手不够有啥办法，就这百十来号人，二十万的产量肯定出不来，不要说二十万了，十万吨也出不来。"

"赶紧给想个办法招人啊，你们老家人多，你给想想办法啊。"

"我能想啥办法？你的工资上不来就留不住人，来一批走一批，你看看我们这些人里有几个年轻人，要不是年纪大了谁还干这个营生。"

徐总说："邱部长你得给帮帮忙，那事办得咋样了，公司啥意思？你看这大半年都过去了，才出了这么点东西，我可是签了合同的，任务完不成我赔不起啊！"

邱三把烟头扔地上踩灭："公司又不是我们家的，我说咋弄就咋弄？"

徐总去车后取了一条软中华拆开递过来。"嘿嘿，谁还不知道华莹公司生产上的事都是邱部长说了算，你就给帮帮忙吧，啊？咱弟兄也不是吃独食的人。"

"早就给你说过舍不得娃娃套不住狼，过两天我再去公司说说吧。"邱三说着喊我上车。

晚饭就定在我住的盐湖宾馆。邱三混得不错，每次我来盐湖都是他在安排，打个招呼吃住行的问题全解决了。晚饭作陪的是邱三的几个朋友，都是公司各个部门的负责人，其实相互间也都知道，一个小学出来的，错前错后的师兄弟，都出息了。我没想到和徐总一起来的居然是三七荷叶茶楼的主人歆玉，原来她说的老徐就是徐总。歆玉显然也没想到会在这里见到我，笑得不太自然。

"来来来，叶老板给你介绍一下，这位是我同学，王老师，大作家，书法家，你挨着王老师坐，你们都是文人，好好交流交流。"邱三让歆玉坐在我旁边，歆玉推辞一下，朝我赫然一笑，轻轻落座。

邱三的场子气氛总是很好，能喝的喝，能唱的唱，能跳的跳。本来，喝酒就为个热闹。但是，这顿饭我吃得索然无味，酒没少喝，被邱三的这些朋友左一个老师右一个作家给捧得晕头转向。歆玉不喝酒，也很少说话，脸上一直保持淡淡的微笑，我感觉她的笑容很不自然，有些僵硬。

饭后邱三送我回房间。

"不回家了，今晚在你这睡了。"邱三躺床上说。

"你说那个女的咋样？"

"哪个女的？"

"就你旁边那个，开茶楼的。老徐的相好。"

"哦，还行，气质不错。"

"你信不信我明天就追到她？"

邱三忽然坐起来盯着我，眼睛红得像烂掉的柿子。

我心里猛地一紧，望着他。

邱三的烂眼圈一直盯着我："你不信？"

我故作惊讶："你有把握？"

"还不是我一句话，你看着了吧，老徐什么东西，就是跟在我屁股后面的一条狗，我说东他不敢往西。老徐想把盐湖人工采区都承包了上小机械，这是一个大项目，我说了算。"

"那个女的和老徐……"

我坐起来点了一支烟，邱三继续唠叨。

"你看着，过几天，不，明天，明天我就把她追到手……老徐，要不是我罩着，他能挣下千八百万。你看着，这回我让他老徐吐血本……"

邱三睡着了。

午饭后我去了茶楼。

歆玉显然没想到我这会儿来，从碧玉的茶几上抬起头，看着我，右边脸颊有一片深色的红印。显然，刚才她枕在胳膊上睡着了，而且是睡熟了。她淡淡一笑："先上楼吧，我取茶叶。"

我朝她笑笑，点点头上楼。

歆玉端了一套新的茶具上来。

"要换茶具吗？"我问。

"这套茶具我只用过一次。"

我拿起一只茶杯，杯壁极薄，微微透光，羊脂般的颜色，应该是极好的玉。"很值钱吧？"

"昆仑玉。"歆玉脸上依旧是淡淡的笑容。

"哦，难怪。我还是喜欢这套夜光杯，和茶几配套。"

夜光杯也是昆仑玉，和这茶几一般的颜色，显得古朴典雅，有沧桑的感觉。羊脂杯太富贵了，不适合我这类粗线条的人。

"天热，换个茶吧。"

歆玉跪在对面煮水，神情专注，仿佛一位国手画画，胸有成竹，一举一动极有韵致。其实，就这么面对面地看着她也是一种享受，修长的身材，飘逸的长发，安静的笑容，有气质的女子是很耐看的。

沸水浇洗了茶壶茶杯，歆玉小心翼翼地打开一个纸包，镊子轻轻捻起一片阴干的绿叶放入壶中，再夹两棵草根状的东西，双手执壶，轻轻地在茶壶中注水。

"这是茶吗？"

"三七荷叶茶。"

"真有这茶吗？我说茶楼怎么叫了这么个名字，还真有这茶。"

"我自创的。"歆玉微笑着，盖上茶壶盖，端水壶轻轻地在那羊脂般的器皿上浇注。

正午，屋里闷热，跪得膝盖有些麻了。"我去把空调打开。"我说。

"不用，一会儿就凉了。"歆玉说。

她轻捏茶壶倒了一杯，双手捧到我面前："请用茶。"

我接过茶杯，刚煮沸的茶水盛在这个薄薄的羊脂杯里，却不烫手。捧起闻闻，一股淡淡的中药味。

"真的是三七啊？"

"尝尝就知道了。"歆玉的笑容依旧很淡。

浅呷一口，淡淡的清香溢满口腔，舌苔竟然有一些清凉的感觉，好像含在嘴里的不是一口烫茶，而是一块即将融化的冰糕。哦，这个感觉很奇妙，我咽下去，仿佛一股清凉的泉水缓缓地浇透全身，通体舒泰。

"好茶！"又呷一口，闭了眼睛慢慢地品味，淡淡的清香快把我融化了。睁眼看歆玉，她端正地坐在我对面，双手轻抚小腹，似笑非笑地望着我。

"好茶！真不亏了这茶名，不负这间茶楼。"

歆玉抿嘴轻笑："我也是无意间发现它很特别。"

"之前怎么没给我喝？客人们喜欢这道茶吗？"

"我配的方子凭什么给别人喝？"歆玉说着，眼皮微阖一下，脸上似有愠色。

"哦，看来我比较幸运，受宠若惊啊。"我笑着抱拳朝她作揖。

歆玉笑了："我也不常喝，喝茶也得看心情，什么心情喝什么茶，没心情的时候别糟践茶。"

"现在什么心情？"我问。

"喝茶的心情，三七荷叶茶。"歆玉说着抿嘴斜睨，模样儿很调皮。我们一起笑了。

歆玉微笑着向我敬茶。

相视一笑，仿若徐徐微风轻轻地拂过脸颊，爽在身上。

和她对饮的感觉很好，这样的安静让我陶醉。在我看来，歆玉就是一幅慢慢打开的国画卷轴，散发着浓郁的墨香和淡雅的芬芳。

"干吗这样看我？"

"我一直就这么看着你，是你没注意。"

歆玉低了头，我看见她脸上的红晕。

喝着，聊着，都没注意到已经是下午。

楼下传来嘈杂声。

"人呢，人到哪儿去了？"邱三的声音。

歆玉皱皱眉头，站起来应声："在这儿呢。"

没等她走下去，邱三和老徐前后上来了。

邱三笑道："哈哈，是你在上面啊，也不说叫我一起来。"说着，朝我挤挤眼。

我知道他的意思，看来昨天这家伙没醉。

"啊呀，王老师来了可是稀客，王老师你坐你坐。歆玉你给王老师泡的什么茶，不是有刚到的极品普洱吗？赶紧换茶。"

"等等，"邱三眼尖，"这是什么茶？清当当的，给我尝尝。"

歆玉手快，麻利地把杯里壶里的清茶倒进茶盂里。"泡得时间太长，没味道了，我给邱部长重新沏壶好茶。"

邱三抓了个空，狐疑地看着我。

我笑笑："白茶，普洱太浓，我喜欢清淡一些的。"

邱三就势拉我起来："都几点了，还喝个什么，走走走，吃饭去，去牧家游。"

我喝醉了，醉得一塌糊涂。

倍感奇怪的是，一连几天我没见到歆玉，三七荷叶茶楼一直关着门。

我问邱三。

邱三哈哈笑着说："关门了吗？我也没去过，估计是和老徐买设备去了吧。"

"买什么设备？"

"那啥，老徐的事成了。"

"那你是不是……"我不敢问下去了。

那以后，我再没回过盐湖小镇。准备了大半年的小说也没有写成，算是彻底搁置了。老偏头打来电话说他回老家了。老徐弄来许多装载车和挖掘机，从此告别了这段盐湖人工采盐的历史。邱三也给我打了电话，我没接。因为从此之后，我和他包括发小和同学在内的所有情分和友谊，都彻底结束了。

邱三给我发了条短信，骗我说他知道歆玉在哪里。无奈之时，我回拨过去，将邱三祖宗八辈地一顿臭骂，邱三一直悄悄地听着。

后来，邱三说，我也没想到事情会变得那么严重，歆玉砍了老徐一刀。我算是躲过了一劫，现在想起来还心有余悸。不过，老徐没有向派出所报案，自己连夜去邻省的一家医院做了手术。

后来，歆玉就离开了这个盐湖小镇，谁也不知道她去了哪里……

原载《朔方》2015 年第 6 期

猎狐

赶在沙尘暴到来之前，满达呼终于把羊群收回圈里。回屋倒了一碗滚烫的浓茶，边吹边吸溜地喝了，出了一身汗，感觉清爽多了。

乌兰图雅不在屋里，满达呼知道她是去井上拉水，也就不在意。再把茶碗倒满，点着一支烟默默地吸。小嘎瓦家血腥的场面又浮现在眼前。

早上起得早，满达呼检查了一遍摩托车，准备去三十里外的公路上搭车，到旗上中学看望上高中的小儿子。开学一个多月了，怕是快没钱花了。

拾掇完屋子，乌兰图雅刚刚熬好了奶茶端过来，满达呼的手机突然唱起歌来。接了电话满达呼的表情特别的凝重。

"大清早的，谁的电话？咋了，谁家招狼了？"乌兰图雅在茶碗里泡一把炒米，疑惑地问。

"小嘎瓦家的羊群让狼咬了，死了一圈。怪事情，沙漠里啥时候有了狼了？"

"就是啊，沙漠里啥时候有了狼了？"乌兰图雅也纳闷了。

匆匆喝罢茶，和乌兰图雅交代几句，满达呼骑摩托车去了小嘎瓦家。

"你不去旗上啦？"乌兰图雅喊着问。

满达呼已经骑车走远了。

小嘎瓦家是满达呼最近的邻居，距离他家有七八里路。满达呼到的时候，已经有几个牧人先到了，四五个人在羊圈里议论。死羊的事儿大家伙儿见得多了，草场不好的年月，春天总有牲口饿死乏死，有时候一死就是一大片；有一年冬天下了大雪，满达呼自己的羊群就冻死了二十来只羊，都习以为常了。可他从没见过这么血腥的场面。八九只羊羔躺在羊圈里，东一只西一只地四散着，到处是触目惊心的血迹，羊群聚集在羊圈一角，惊惧地注视着主人。满达呼蹲下来挨个检查，的确是被什么东西咬死的，下口很准，直接咬中了脖颈下的大动脉，有的羊羔颈骨都被咬断了。

"狼咬的，肯定是狼。"小嘎瓦眼睛里似要喷出火来。

"沙漠里啥时候有过狼？"满达呼还是有些疑惑。

"要不是狼还能是啥，还有啥东西比狼还残忍的，一下子就害了九条命。"小嘎瓦蹲下来，抚摸着死羔子雪白的毛皮痛惜地说。

"黑夜就没有听着啥动静？"

"昨天去饲料地上买了些玉米回来，乏得不行，黑夜吃饭喝了些酒，睡死了，好像听着了羊圈里有响动，没有在意，谁知道是狼进了羊圈。"

"布日玛呢，布日玛没有听着啥？"

"哼！屋里哭鼻子呢。怂女人，人走了一天路困得不行，说喝口酒早些睡觉，她偏也要喝，喝得比我还多，睡得雷打不动。"小嘎瓦气哼哼地朝房子那边瞪了一眼。

"昨黑夜刮了丝丝风，把踪迹都刮没了，也不知道是啥东西"。

"还能是啥，除了狼还有啥东西这么疯狂！说不定还不止一个，谁知道呢，连个踪迹都没留下。"哈斯说。

"估计是个母狼，你们看现在死掉的八个羔子，除了脖子上被咬了，再连个伤都没有，嘎瓦点数说还少个羔子，我估计是个母狼，叼了一个羔子去窝里喂狼崽子了。"王建国说。

"问题是沙漠里啥时候有过狼？"满达呼还是不太相信。

"谁说没有，去年天旱，贺兰山上也没有好好下场雨，山上的狼下山找吃的来了。你们没有听说过吗，去年诺尔公苏木就遭了狼灾，差点把几家畜群给绝种了，我外甥他们发现了狼的踪迹，四个小伙子骑摩托车撵进大沙漠里，追了一天，把一个母狼追得累死了，苏木还给他们发了奖。我外甥说那个狼有一米多长，比我们家狼狗还大，听草原站的人说，是从贺兰山上下来的狼。"哈斯眉飞色舞地说。

"如果是母狼那就麻烦了，那就说明有一窝狼，公狼、母狼和小狼，得操心了。"满达呼说。

"你的那个烧火棍呢？还不拿出来除掉这个畜生。"小嘎瓦盯着满达呼，急红了眼。

满达呼瞅他一眼，低头说："给你说过多少次了，早就缴上去了，现在谁还敢用那个东西。"

"拉倒吧，头几年我还看着你打兔子呢。要不，你卖给我吧，多少钱你说。这个畜生，我非除掉它不可。"

"信不信随你，反正我是没有。"

"你怕啥，出了事情我担着，你怕个啥！谁知道下一次该着谁家倒霉，我要有那个东西说啥都得把狼窝给它端了。"

王建国朝小嘎瓦摆摆手："这个事情得赶紧给嘎查①和苏木②说，家户得防范着些，得想个办法，要不然谁知道谁家还得倒霉，牲口死两个还不要紧，要是伤了人就害大事了。"

空气中弥漫着浓烈的血腥味，大伙的表情都凝重起来。

小嘎瓦给嘎查达打电话报告了灾情。

"嘎查达中午就来。"小嘎瓦说，"反正已经死掉了，全是我群里最好的羔子，今天中午都不要回家了，吃肉。等嘎查达来，领导总有个主意。"

不用主人吩咐，大家各自提了两个死羔子去他家院子里剥皮。

这场酒喝得顺畅，起先只有五六个人，中午的时候陆续来了七八个闻讯的附近牧人，嘎查达朝格图也来了，小嘎瓦的两间房子坐得满满的。

朝格图埋怨他们没有保护好现场，专门借了个照相机没有派上

---

① 嘎查：蒙古语，行政单位名称，村、队。
② 苏木：蒙古语，行政单位名称，相当于"乡"。

用场。

大伙七嘴八舌地议论着这件事情，最终也没说出个所以然来，最后大伙把目光都聚在朝格图身上。朝格图向牧人们交代：第一，互相转告嘎查所有畜群，做好相应的防范；第二，从现在开始，妇女、孩子绝对不能单独外出；第三，朝格图回去就向苏木汇报灾情，等待上级指示。

虽说是一场灾难，却并不影响牧人们喝酒的兴致，事情已经发生了，再郁闷也解决不了问题，不如痛痛快快地喝一场酒，既联络了彼此的感情，也互相转告有个照应，办法总比困难多。这场酒喝得尽兴，直到有人出去解手回来说西边黄了天了，人们才从屋里出来，骑上各自的摩托车摇摇晃晃地回家去。

"老天爷发怒了，说刮风就刮风，哪个缺德的招惹了？"乌兰图雅推门进来，风乘机卷了进来，她赶紧转身把门关严了，取下头上的头巾，一边拍打身上的灰尘一边咕囔着。

"哪年春天还不刮几场老风。"满达呼端着茶碗吹吹上面的灰尘吸溜一口。

乌兰图雅给男人添满茶，自己也倒了一碗，"年年都是开春的时候，草没草料没料的，牲口咋活，老天爷瞎了眼了。"忽然觉察自己说漏了嘴，赶紧抬手捂住嘴，看着窗外一脸的惶恐。

满达呼狠狠地瞪了一眼。

乌兰图雅自知说错了话，望一眼窗外，闭上眼睛低声地祷告。

满达呼点着一支烟，一声不吭地继续喝茶，眯着眼睛注视着窗外。

"小嘎瓦家啥事情，真的有狼？"乌兰图雅祷告完毕，转身问他。

"八九个羔子，死了一地，全都是从脖子上放的血，看样子是狼咬死的。"满达呼把烟头在炕沿上揉灭了说。

"真的是狼啊，沙漠里多会招过狼？"乌兰图雅疑惑地注视着他。

"说不上，天天刮风，也没有留下踪迹，八九个全是今年下的羔子，就叼走了一个，这种事情我们嘎查还从来没有过。"

"沙漠里咋能有狼呢，会不会是狐狸？"

"狐狸偷的是才生下的和死羊羔，狐狸又不进羊圈，谁见过狐狸一黑夜咬死八九个羊的。"

"我的老天爷，怕死个人了，谁还敢出去外头。"乌兰图雅说着，不由自主地打个冷战。

"狼轻易不伤人，明天起，出门不要走远了。"满达呼说。

风越刮越大了，吹得窗棂呜呜地响，睡梦里乌兰图雅身体突然战栗了一下，抱紧了满达呼的胳膊，他伸开胳膊把女人搂在怀里，迷迷糊糊地睡着了。

半夜里，满达呼忽然坐了起来，把睡着的女人吓了一跳，惺忪着眼睛问："咋了你？"

"好像是大黑叫唤。"

"没有啊，大风黑浪的，你睡混了吧？"

"咋不叫唤了，刚才我明明听着大黑叫了几声。"

"睡吧，可能是风声。"女人拉他的胳膊。

"不行，我得出去看看，嘎瓦家的事情也是黑夜，不要真的是狼来了。"

一个"狼"字把女人吓醒了，急忙起来："给你手电，拿上个棍棒。"

"你不要下来。"说着，满达呼穿鞋出去关上门，顺手在院子里提溜个扎干①棒子出去了。

风依然大，呛得几乎迈不了步。满达呼摁亮手电朝拴狗的地方看，黑狗"呜呜"地朝着他跳跃。满达呼不理它，朝羊圈走去。手电朝羊圈里照，羊们都站了起来，虽然刮着大风，仍然可以看见灯光里羊的眼睛反射出朦胧的宝石般的光泽。

绕羊圈看了一圈，没有异样，他丢掉手里的扎干棒子撩起衣襟蒙着头，朝屋里走去。走进院子他听到大黑叫了两声，转身朝它照照，大黑拉着铁链朝他跳跃。"没事好好睡你的，乱叫唤啥。"说罢，进屋睡觉。

早上乌兰图雅起得早，风已经住了。她去羊圈前拾一些羊啃过的玉米秆回来生火，不经意地朝羊圈里瞥了一眼，突然大叫一声往家跑。

"狼，狼——"

满达呼刚刚起来穿衣服，听她一喊也慌了："咋了咋了？狼在哪里？"

---

① 扎干：蒙古语，植物名称，学名梭梭，沙漠里常见的灌木或乔木，是牧民主要的燃料。

"狼——羊圈里……"

乌兰图雅吓得几乎说不出话来。

满达呼从炕上跳下来，顾不上穿鞋，日急慌张①地朝羊圈跑去。乌兰图雅清醒了，提着他的鞋跟了出去。

羊圈里并没有狼，却有两个死羔子躺在那里，殷红的血染红了洁白的皮毛。

满达呼注视着那两个死羔子，眼睛里要喷出火来。他知道自己被骗了。看来晚上大黑确实发现了狼影，向他们发出了警报，他去羊圈查看的时候狼就已经进了羊圈，混在羊群中间没让他发现，等他回去的时候，狼发动突然袭击咬死了两只羊羔后从容离开，风沙掩盖了它作案的所有痕迹。

满达呼恨恨地踩了一脚，才发觉自己没有穿鞋。

可恶的东西，差点就叫我收拾了，满达呼气得发抖。

乌兰图雅清点牲口，死了两只羊羔，还少一只。很显然，失踪的一只是被狼叼走了。

满达呼一言不发地走回屋里，抽掉炕洞插板，跪在那里伸手在炕洞里摸捞。他掏出一个用帆布捆着的长条包裹，放在炕上解开捆绑的绳子，是一个帆布套，帆布泛白，粘了许多黑的烟灰，已经有些年月了。他从帆布套里抽出了一件东西，是一杆枪，一杆旧式的小口径步枪。满达呼轻轻摩挲着步枪，喃喃自语。

---

① 日急慌张：方言，慌忙凌乱的意思。

满达呼曾经是沙漠里一个优秀的猎人，这把枪在他手里差不多有三十年了，已经记不清有多少只野兔倒在他的枪口下。96 年国家出了枪支管理法，让私自持有枪支的牧人们主动上缴，满达呼心存侥幸，偷偷地把枪藏了起来，再也没敢让它露面。若非今天遭了狼灾，无论如何都不会拿出来的。

　　满达呼上了炕，站起来在后墙一根扎干橼子边的墙洞里掏出一个小布包，小心翼翼地打开，是五粒小口径枪子弹，弹体金黄，散发着耀眼的光芒。这是他最后的宝贝了。现在找几粒子弹比登天还难，有枪没子弹，那就是个烧火棍。像是捧着最心爱的宝贝，他把子弹捧在眼前，眼睛眯成了一条缝，脸上的肌肉微微抖动着，自言自语地说："老伙计，今天你可是派上用场了，五颗子弹，打两只狼应该够了，等打完了狼我就把枪上缴吧。"

　　乌兰图雅进来看见炕上的枪，惊慌说道："啊呀，你咋把这东西拿出来了？"

　　"打狼！"满达呼说。

　　"私藏枪支犯法，早就该交上去了，说了多少次了，你就是不听。"

　　"打死狼我就上缴。"

　　一连几天，没有发现狼的影子，附近牧人家也再没有畜群被袭击的事，人们都说那是一只过路狼，可能已经跑回山上去了。紧张的神经松弛下来，仿佛什么都没有发生过，人们继续着快乐的生活。

　　狼真的走了吗？

满达呼不相信。如同当初他不相信沙漠里有狼，现在他也不相信这只祸害人的狼已经离开。潜意识里，他感觉有一双眼睛在盯着他。满达呼到处寻找，却找不到一点儿踪迹。

一连几个晚上，满达呼没有好好睡过一回觉，枪就躺在被窝边，但凡外面有点响动，他就像一只机警的野兔，敏捷地提枪跳下炕奔出门外，却总是一无所获。

什么事都没有发生。

但是，猎人也有打盹的时候。失望的次数多了，对于希望的坚持也就松懈了。

满达呼又一次着了道儿。

那晚满月，天气晴朗得看不见天上的星星，月光照着沙漠如同白昼，沙漠里静悄悄的没有一点儿声音，一切似乎都进入了梦乡，包括我们的猎人，勇敢的满达呼。

只是，一切都不是绝对的，皎洁的月光下，一个精灵就蹲在不远处的沙梁上，一双机警的眼睛注视着满达呼的羊圈，灵敏的耳朵仔细地搜索着那边的声音，它听到了满达呼的鼾声，它听到了羊们反刍的咀嚼，它也听到了那条黑狗均匀的呼吸。时候到了，它像一个幽灵，贴着地面匍匐着朝羊圈靠近，悄无声息地来到羊圈外面。羊圈是用扎干柴垒砌的，它无法跳跃，只能选择圈门，牧人家的羊圈门是用木棍做的栅栏，能挡住大羊，却挡不住它灵活的身躯，它悄悄地溜了进来。它在羊群中寻找着目标，大羊是不用考虑的，即便咬死了，它也没有能力弄走，它的目标是冬天出生的小羊羔，慢慢地朝小羊羔走过去。

这个幽灵才一进来，就引起了几只大羊的警觉，"咩——"地叫了起来，所有的羊都醒了，站起来朝后靠。这事有些麻烦，羊羔挤在羊群中间，它必须走到里面去。羊群惊恐地朝后退，互相挤着想要避开它的攻击。要的就是这个结果，机会来了，一只羊羔被挤在边上，它闪电般地扑上去，一口咬断了它的脖子。羊群躁动起来，拉长了声音叫唤。这时候它听到了一声狗叫，略微迟疑了一下，还是朝前逼近，它早就观察过了，那只黑狗不过是用铁链拴着的一个蠢物。羊群终于散开了，纷纷朝两边跑散，它瞅准一只羊羔扑过去。突然，一道黑影朝它蹿了过来，它猛地一惊，单打独斗它可不是狗的对手。它机敏地一个转身，朝羊圈门跑出去，大黑狂吠着追了过去。

满达呼累了，一连守了这么多天，铁打的汉子也受不了，所以他今天睡得很死。毕竟还是个猎人，睡着的时候也比普通人警醒，大黑第一声叫唤就惊醒了他，他抄起枪，一个箭步跨出门去。可是他还是晚了，他冲到羊圈跟前，只看见大黑追着一个什么东西跑了，像一股旋风，消失在夜幕里。

大黑垂头丧气地回来了，乞怜地望着主人，吐着舌头不住地喘气。

"大黑，好样的，好好休息一下吧，"满达呼蹲下抚摸着狗子的脑袋，"不要泄气，我知道你是好样的，那东西太狡猾了，是狐狸总要露出尾巴的，接下来看我的吧。"

满达呼查看了大黑追踪的痕迹，凶手的爪印不是很大，这样的踪迹他太熟悉了，沙漠里曾经到处有它的印记。这个鬼东西，咋变得残忍了，咋没有个足心了，一下子咬死那么多，你能带得走吗。我就说，沙漠里咋能有狼呢。看来是个老狐狸了，个头还不小，怪事，早先咋就没有发现？

知道凶手不是狼，满达呼放心了，先去羊圈里把羊群赶出来，赶进沙窝里让羊们自己觅食，返回来把死羔子皮子剥了，二毛皮①多少也能换几个钱，小羔子没几斤肉，挂在柴垛上留着喂狗。然后才回屋里，女人已经熬好奶茶炸好了其蛋子②。满达呼洗了把脸，盘腿坐在炕沿上慢条斯理地吃喝。

"不是狼就好，你今天就去旗上吧，嘎达怕是早没钱花了，别让娃饿肚子。"乌兰图雅说。

"不急，等我收拾了这个贼东西再说。"

"一个半月了，嘎达一点音信都没有，得赶紧去看看，怕是受罪了。"乌兰图雅继续唠叨。

"他受啥罪，他能受啥罪，不到没钱的时候就不知道给家里来个电话，十七八的小伙子了，又不是三岁的蜜牙子，能饿着他。"满达呼瞪一眼女人说。

"唉，这个娃子，咋也不叫人省心，我估摸着开学拿的那些钱早就花完了，咋就不来个电话，咋就不知道当妈的心疼。"乌兰图雅说着眼泪就下来了，撩起衣襟擦擦眼睛。

---

① 二毛皮：一般指出生 30-40 天左右的羊羔，宰杀后获取的皮子。
② 其蛋子：牧区人们喜食的油炸食品。

"你就少操心吧，嘎达娃子鬼得很，不跟你要钱还不跟他哥要，弟兄两个全在旗上，又不是隔了十万八千里。"看着女人流泪又觉不忍，"好了好了，等我收拾了这个贼东西就去旗上，要不然我也不放心。"

女人这才止了哭。

满达呼从铺盖底下抽出枪，连同帆布套一起绑在摩托车后架上。然后拿来一把锹，和枪绑在一起。

乌兰图雅出屋叮嘱："操心些，狼还是狐子还不一定呢，那东西鬼的很，说不定在哪里藏着呢。"

"行了，我会小心的，你就别瞎操心了。"满达呼说着，发动摩托车走了。

今天又是一个好天气，天空像水洗了一样的干净，黑夜是动物们的天堂，沙漠里夜生活的痕迹清楚地保留着。满达呼顺着大黑追踪的脚印一直走下去。

狐狸的脚印消失在一片扎干林里。这里的地面是沙漠里少有的硬板滩，动物走在上面很难留下痕迹。周围的沙地里到处是狗子的脚印。看来大黑在这里追丢了狐狸。满达呼判断附近肯定有狐狸的洞穴。

满达呼骑车慢慢地朝扎干林深处走去。

狐狸是沙漠里最狡猾的动物，主要以鼠、兔为食，偶尔会偷食刚出生或落单的羊羔，袭击羊群的事儿很少发生。

满达呼是个经验丰富的猎人，只要枪在手，绝对没有能从他枪口下逃生的猎物，即使没有枪，那也无妨，牧人的摩托车技好得能让城里的赛车手羡慕，在沙漠里如履平地，别说一只狐狸了，就算是狼，也能追得它活活累死。

一边走一边寻找，满达呼心里不由叹息，去年没下一场雨，沙漠里已经找不到牲口能填饱肚子的黄草了，能吃的东西都被牲口吃完了，就连高高的扎干柴也未能幸免，细一些的枝儿都剩下半截，留下刀削般的切口。满达呼知道，那是老鼠的杰作，地面找不到食物，老鼠只好爬上树干啃食细枝，它们的门齿像刀一样锋利。但是，这么大的扎干林也不能保证老鼠这样的小动物生存，往年每到冬春季节，扎干和白茨底下到处是老鼠的洞口，无数只小脑袋进进出出。今年却大不一样，很少看见老鼠洞，不知道是老鼠们大批迁徙了还是都饿死在洞穴里了。已经五月份了，沙漠里一点儿绿气儿都没有，难怪狐狸去羊群里偷食。

猎人的直觉告诉他，有一双眼睛在注视着他。满达呼停下车，在扎干林子的空隙间仔细地搜寻，什么都没有发现。但他相信自己寻找的目标就在附近，就在自己跟前。他关掉了摩托车马达，再一次环视这片扎干林。

黑幽幽的树林里隐藏了多少秘密？

满达呼的目光最终停在一个高大的黑茨堆上，土堆上的白茨早已枯死，被晒成了黑色，这样的地方最容易成为狐狸的巢穴。满达呼启动了马达，就在起步的一刹那，他听到相反的方向传来轻微的异响，扭头看见一道灰黄的影子朝那边跑了。

好家伙，就知道你藏在这里。

掉头朝那边追去。

摩托车在扎干林里没有狐狸那般灵活，何况后架上还横绑着铁锹和一杆枪，这就麻烦了，挡挡挂挂得怎么也走不快。狐狸很快就消失了，急得满达呼出了一头汗。如果就这么在扎干林里绕圈圈，绕上一天也追不上它。

满达呼努力让自己的神经放松下来，看准方向，弯弯绕绕地仔细搜寻狐狸的痕迹。忽然，左边有东西闪过去了，赶紧朝左走，没走多远就失去了目标，就在他想朝回走的时候，它的影子又在右边出现了，赶紧追过去，很快就又丢失了。如此来回折腾几次，满达呼不由得来气，这只可恶的狐狸，一会儿露个面，一会儿又躲起来，贼东西是在和我兜圈子。从来都是猎人遛狐狸，今天反而叫狐狸给遛了。索性停下车，把枪背在身上。贼东西，再敢露面试试，不敲碎你的脑袋！

扎干林里来来回回找了好一阵，终于和那只狐狸面对面地碰上了，狐狸急忙转身往回跑。好家伙，果然是只老狐狸。满达呼猛地一脚刹车，急忙取下枪照着狐狸奔跑的身影就是一枪。子弹擦着狐狸身体飞过去，射入扎干林中。狐狸一个趔趄，猛地止步，转身朝右边奔去。

看你往哪儿跑。满达呼猛轰一把油门，朝那边疾驰过去。

一只老狐狸，可能闻到过枪药味儿，再不敢有半点儿耽搁，在扎干丛和沙丘间绕来绕去地跑。长枪背在身后，锹早就甩丢了，没有什么挡挂，这才是检验车技的好时候，紧紧地咬住狐狸不放。狐狸被追得乱了方寸，差点就跑出了扎干林。眼看它就要倒在摩托车轮下，突然在地上打了个滚，倒让满达呼吃了一惊，急踩刹车，车轮差点就压在狐狸身上，狐狸张大嘴绝望地朝车轮咬去，满达呼猛地将车停住。趁这工夫，狡猾的狐狸突然爬起，朝扎干林里奔跑。满达呼气坏了，抬手又是一枪，打在前面的土台上，炸起的土屑溅在狐狸头上，狐狸吓坏了，转身又朝另一边跑。满达呼来不及把枪背好，挎在肩上一把油门截在前头，逼得狐狸反身朝扎干林外跑。

紧紧跟着狐狸，满达呼在心里笑了，只要出了扎干林就跑不出我的枪口。

被这么追着跑了大半个钟头，狐狸早就累了，被摩托车追得紧，却不敢放慢脚步，也不敢回头看，就这样被追着跑出了扎干林。

外面的地形比较好，虽有起伏的沙丘，可少了遮挡，视野较为开阔。满达呼松了油门，单手扶把，把枪背好，然后不慌不忙地尾随着狐狸。狐狸已经是强弩之末了。

危险往往就在松懈时发生。

牧人们在沙漠中骑车都练就了一身过硬的技术，如履平地。满达呼眼睛紧盯着前方的狐狸，几乎不看脚下的地形。那只狐狸已经出现了疲态，速度渐渐慢了下来。用不了多长时间，这只狐狸就会累死了。满达呼不由有些得意。突然，身体猛然下沉，他从摩托车上栽了下来。注意力都集中在那只狐狸身上，没提防脚下的一个沙沟，摔了个人仰马翻。满达呼心里有气，抬头看见那只狐狸正摇摇晃晃地爬上一道沙梁，不假思索地放了一枪。他看见狐狸猛然跳了起来，蹿了足有一尺多高，然后从沙梁上滚了下来。

我还收拾不了你吗？

满达呼提着枪朝那边走去。

狐狸定定地躺在沙梁下，是一只罕见的金色狐狸，金黄的毛发在阳光下散发着耀眼的光泽，硕大的尾巴比身体还长。

呵呵，咬死我四个羊羔，有这张皮子也够本了。满达呼笑了，低头去提狐狸的尾巴。就在他刚要抓住那一瞬间，狐狸突然跳了起来，迅捷地朝扎干林方向跑去。

满达呼吓了一跳，他被狐狸的诈死惹怒了，朝地上啐了一下，端起枪瞄准。

这一次狐狸没能逃脱，随着枪响朝前滚了几个跟头，终于躺在那里不动了。

满达呼从旗上回到家里，乌兰图雅远远地就迎了出来。

满达呼以为女人几天没见着自己想得紧，停下摩托车把女人抱个满怀。

没想到女人却是满眼的惊恐："你不是把狐狸打死了吗，咋晚上还出来吃羊羔哪，该不是真的有狼？"

满达呼脑子嗡地大了。

又丢了一只羊羔。

晚上大黑咬得厉害，羊圈里羊群疯了一样地叫。乌兰图雅顶着屋门不敢出去，从窗户往外看，黑漆麻乌的什么也看不见。早上天大亮了才敢开门，提个棍子战战兢兢地去羊圈查看，没有看到前两次那种血腥的场面，清点以后才发现少了一个羊羔子。

"我早就给你说过，沙漠里没有狼。"

"没有狼那是啥东西？"

"狐狸，"满达呼愤愤地说，"你看着吧，还以为只有一只狐狸，原来是一窝啊，看我不把你的窝给端掉。"

满达呼动手收拾打猎的行头，又从炕洞里抽出那杆枪。可惜，子弹只剩了一发。

"你去旗上，嘎达咋样？"乌兰图雅看着他鼓捣长枪问。

"还能咋样，吃得像个胖牛犊子。"

"就没说想家的话？"

满达呼瞅她一眼："说了，说想他妈了，问他妈咋没去看他。"

女人的眼泪马上就流下来了。

"看你，动不动就哭，哭啥呢，我说让你去，你放心不下那几个羔子，还是叫狐狸给叼走了，听着大黑叫唤还不敢出个门。我给嘎达娃子说了，下个月收了羊绒你就去，陪娃子住个十天半月的。"

女人的眼泪却更多了。

就剩了一颗子弹，满达呼想了想，解开大黑脖子上的铁链，骑车领着狗朝那片扎干林里走去。

扎干林还是那般寂静，显得幽深而神秘。在和上次那只狐狸周旋的那片区域找了一阵，什么都没有发现。

满达呼有些纳闷，狐狸一般白天不离开窝的，咋就找不到个洞呢？

来来回回找了几圈，还是没有发现。满达呼心有不甘，他相信狐狸的窝就在这片扎干林里，而且就在跟前。

往前走了一阵，满达呼看见了那个黑茨疙瘩①。会在这里吗？上次也是看见了这个黑茨疙瘩，然后就发现了狐狸。灵光一闪，满达呼明白了，那就是狐狸窝，狡猾的狐狸为了不让发现它的家才故意把我引开的。

果然，大黑首先发现了隐蔽的一个洞口，趴在洞口边狂叫。

满达呼停下车，下来绕这个土疙瘩一圈，在另外两个方向又发现了两个洞口，洞口留有踪迹。嘿嘿，这下叫我找着了，看你还往哪里逃。从车上取下锹先把这两个洞口填埋起来。正干得起劲，猛然听到大黑一声狂叫，紧接着看见一黄一黑两道影子朝扎干林里蹿去。扔下铁锹，赶紧骑车跟着过去。

满达呼赶到的时候战斗已经打响，一只狐狸和一条狗纠缠在一起撕咬着。双方恰逢对手，身上都带了伤。满达呼不敢相信自己的眼睛，狐狸竟然会这么凶狠，居然咬伤了比它高出许多的大黑狗。满达呼举起了枪。

毕竟在个头上落了下风，狐狸渐露败迹，肩胛上已经鲜血淋漓，

---

① 黑茨疙瘩：长满白茨的沙丘，白茨枯死后呈黑色，沙漠里很常见。

一只耳朵也被咬断耷拉着，疯狂地反抗。满达呼举起了枪，却迟迟没有开枪，准星里看得明白，这是一只母狐狸，腹部下垂，有一排鼓鼓的乳房。

满达呼明白了，狐狸家族也有分工，先是那只公狐狸，忠诚地担当着养活一家的重任，那天它本来可以躲过杀身之祸的，在满达呼即将发现它的洞穴的时候，它冒险把他引开，最终送命。之后，母狐狸不得不外出自己觅食，以保证幼狐的营养。只是干旱的沙漠里已经很难见到野兔和老鼠了，它只能选择羊群。刚才为了保护洞穴中的幼狐，它冒死冲出来，目的还是引开敌人的注意。

满达呼放下了枪。

狐狸输了，它已经没有了还手之力，方才的狞厉荡然无存，调转头往回走，不再和黑狗纠缠，狗子依然追着咬它，它只能回头张开嘴无望地哀叫两声，却加快了逃命的速度。

满达呼叫住了大黑，狗子似乎很不开心，疑惑地望着主人。

打了多少年猎，杀了多少只狐狸，满达呼的心情从来没有像今天这么沉重。狐狸也有狐狸的生存之道，狐狸并不是畜牧业的危害，相反，狐狸的食物是对草原破坏力极大的野兔以及老鼠之类的啮齿类动物，应该说狐狸其实也是草原的卫士，只有在食物极度缺乏的时节才会偷袭羊羔。这两只狐狸，看来是很有情意的一对啊。这两场和狐狸的战斗对他来说可谓惊心动魄，从来没有见到过如此惨烈的场面。看着母狐狸趔趔趄趄地朝回走，满达呼的脑子里忽然有了疑问：狐狸，是不是打错了？

满达呼跟在这只受伤的狐狸身后，大黑吠叫着要扑过去，几次都被主人叫了回来。

狐狸的速度越来越慢，径直走向自己的巢穴。

终于走近黑茨疙瘩边，母狐狸已经没有力气再走了，它倒下了，朝着洞穴发出一声凄厉的呼唤。

满达呼瞪大了眼睛，洞口突然出现了一个灰色的小脑袋，然后，两个，三个……居然有六只灰色的小狐狸，一起扑向母狐狸，争抢着吃奶。

满达呼注意到，母狐狸慢慢地闭上了眼睛。

很快地，母狐狸的乳房就瘪了下去，小狐狸们还没有吃饱，仍然争抢着吮吸，直到吸干了最后一滴乳汁。满达呼看见它的乳头上流出了血丝。

满达呼的眼睛迷蒙了，他记起中午乌兰图雅的眼泪，都是母亲啊，咋就这么残忍？

突然被一阵凄厉的惨叫声惊醒，大黑竟然向着那几只小狐狸张开了大嘴，先被它咬死两个，其他几个吓得四散奔逃，它在后面猛追。

"大黑，回来！"

大黑仿佛杀红了眼，对主人的呼唤置若罔闻，第三只、第四只都被他一口咬断了脖颈，又扑向了另一只。

"大黑，回来！"

第五只小狐狸来不及叫一声就躺在那里了。

大黑扑向最后一只。

"大黑，回来！"

满达呼的眼睛里要冒出火来，他端起了手里的枪。

枪声响了，大黑叼着小狐狸栽倒在地上，眼睛看着主人，慢慢地暗淡了。

枪，从手中掉落，眼泪终于流了下来。

几天后，满达呼和乌兰图雅一起去了旗上，满达呼主动去派出所上缴了心爱的猎枪。派出所民警严厉地批评了他私藏枪支的违法行为，经请示上级领导和相关部门，鉴于他认识错误并主动上缴枪支，批评教育后不再追究责任。满达呼老老实实地听着民警的批评，臊得无地自容。

派出所民警陪着满达呼和乌兰图雅把仅存的那只小狐狸送到了林管站，那里有野生动物收容所，不论是折了翅膀的老鹰还是饿晕的雪豹、生病了的黄羊等等，送到这里都会得到精心的救治，身体恢复后再放归自然。

小狐狸似乎不愿待在那里，一双眼睛紧紧地盯着满达呼，嘴里发出"吱吱"的叫声。说不清什么缘故，满达呼看着那双明亮的小眼睛，心里一阵发慌。

原载《鄂尔多斯文学》2011 年第 9 期

苁蓉花

黄懋做了一个梦。

天是蓝色的，水洗一般地洁净，仿佛一顶蔚蓝的玻璃穹庐笼罩了四方，看不透外面的世界。地是黄色的，起伏的沙梁如金黄海洋里起伏的波浪重重叠叠无边无际，细软的沙子磨挲着脚板刺激了敏感的神经，一个接一个的痒颤如踩碎了一地鸡蛋冰凉凉地直冲脑门，浑身无比通泰。身后是两行赤脚的脚印。身旁的女子突然撒丫子朝前奔跑，一边回头咯咯地笑，宛若一只灵动的狐，极尽地扭动着身躯，轻舒双臂扬起的黄沙缓缓飘落，仿佛褪下五彩的霓裳。俏眼如勾，软语缥缈，妩媚妖娆。黄懋情不自禁地张开双臂，奔跑去拥抱属于他的美好。刚刚触及那具柔软的身躯，天空突然现出一只大手拍在他的肩头，猛地将他挥倒在地上。

睁开眼睛懵懂地望着眼前的人，那个女人微笑着注视着他。

黄懋浑身打个寒战，她不是方才拥抱的女子，脸蛋虽然也算精致，却无那女子的妩媚。扭头四下里寻找，似乎有个曼妙的身影倏地闪过，转瞬消失了。取下眼镜揉揉眼睛再看，一排排座位上零星地坐着几个乘客，姿态各异地与周公过招。

"睡着啦？"圆脸的女人笑盈盈地问，脸上有一对浅浅的酒窝。

"哦，到了吗？"

黄懋扭头朝车窗外看，公路两边的沙漠里点缀了一些形状奇特的植物，不是很茂盛，却也不觉得稀疏，似乎有些鹅黄的绿意，一眼望不到头。那是他所熟悉的沙漠里特有的植物，梭梭。

"你说的应该就是这个地方，你好好看看。"

黄懋努力地望着窗外，希望看到记忆中曾经有过的东西。

"这地方叫扎干呼都格，朝两边沙子里往前走都是大片的梭梭林，是这一路上梭梭最多的地方，你仔细看看，是不是你要来的地方。"

黄懋探身朝车外前后左右看了一阵，还是不能确定。

"要不，你就在这里下车吧，照你说的情况我感觉就是这个地方，听说这里的苁蓉最多。"

"行吧，我就在这里下车。"

"带水了吗？给你，把这瓶水也带上吧。梭梭林里应该有人家，如果不是你说的地方就往公路上走，这条路上每天来回两趟班车，我们的车明天早上返回，到这里大概十一点钟。"

这个售票员很热心，黄懋下车时伸手想握手道谢，女人显然没有想到这一出，微微愣了一下，下意识地往后收了手，随即微笑着朝他挥挥手，关上了车门。

望着远去的班车，黄懋仍然有些恍惚。有一瞬间，这个女人和梦中的那个女子的身影重叠，笑语盈盈，酒窝浅浅。取下眼镜擦一擦，再抬头班车已消失在公路的尽头。

空旷的沙漠里，路上再不见有车，更不见一个人，甚至连一只鸟也看不见。公路两边的地形地貌和记忆中的那个地方有些像，又感觉极为陌生。朝哪边走呢，记忆里应该是在路的东边的，只是这条原先不存在的黑色公路好像把方位也给搅浑了。黄懋不由苦笑一下，多少年过去了，自己还是这般鲁莽，凭着一些印象就这么不管不顾地来了。

当年也是坐班车进的沙漠，没有明确的目的地，更说不上地名，只给司机说把他带到有梭梭林能挖到苁蓉的地方就行了。好在这边的人对苁蓉都不陌生，立刻有乘客热心插话说哪儿的梭梭长得好应该有苁蓉，还有乘客说哪儿的苁蓉自己曾经在那里挖过，又有乘客说苁蓉最多质量最好的地方是哪儿，谁谁谁去年还挖出比人还高出一截的超级苁蓉，被一家公司高价收购了。黄懋没有想到自己随口一说竟然得到这么多的回应。陌生的乘客之间少了隔阂，好奇地打问他此行的目的，甚至向他讲起了各自的苁蓉经，满车的乘客居然都有过挖苁蓉的经历。于是，整个车厢沸腾了，不管认识不认识，互相说着关于苁蓉的见闻。黄懋赶紧掏出个笔记本速记人们的交流，这些闻所未闻的传奇轶事和亲历者们的故事，是他论文急需的现实素材。那时候公路还没有铺油，到处走风漏气的班车在搓板状的土路上颠簸，不时来一下飞跃，坐在后排的乘客屁股抬起，身体狠狠地撞在前排靠背上。于是，苁蓉的话题转成了咒骂，骂路况差，骂车破，骂司机疯，骂与路、车、司机不着边的事，没等牢骚发完，忽地又是一下，再一次被抛起又狠狠地跌下。于是，骂声就小了，变成了仅自己可闻的嘟囔。飞扬的尘土糊住了车后的玻璃，车内弥漫着呛人的灰尘，仿佛要堵住人们的嘴。摇摆的班车仿佛巨大的摇篮，让人有了浓浓的睡意，除去把舵的司机，满车乘客再没有一个睁开眼的，前伏后靠东斜西歪或真或假地睡着了。也有停车的时候，无非是一两个乘客到点下车。警醒的人立刻惊醒了，睁眼环视一下就又靠在靠背上假寐。也有人借此机会下车小解，这动作有着连锁反应，更多的人们下了车，男左女右自然分开。男人们是很不讲究的，下车先掏出烟盒点支烟，狠狠地吸一口，然后在离车不远处没遮没拦地两腿一岔，一股溲水哗啦泻下，同时从鼻孔里喷出浓浓的烟雾，很惬意的样子。女人们就麻烦一些了，下车寻找能遮挡的地方，入眼的几个沙疙瘩过于遥远，不得已忐忑地蹲在路基地下，勉强遮住小半个身子完事。黄懋朝两边的荒漠里望了又望，看不到村落也看不到房屋，只有一条若有若无的小径弯弯曲曲地消失在沙漠中，下车的人尽管背着、提着大大小小的行李，走路的姿势却十分地轻快，他们的家必然是在小径那一头更远的沙漠深处。司机按响了喇叭，催促人们上车赶路。于是上车出发，再也没有了话语，甚至对坐在身边的人也懒得看一眼，立刻闭上眼睛强迫自己睡着。如此摇摇晃晃地走了大半天，太阳偏西了才把他放在沙漠里的某一处。

不对啊，那一次下车的地方和这里好像不一样，一下车就是茂密的森林，形态各异的梭梭树像一只只狰狞的野兽，虎视眈眈地挡在面前，让他差点萌生退意。坏了，下错地方了，这里不是当年来过的地方。黄懋看看寂静的公路，已然没有退路，只得背起背包朝路东的沙漠走去。

交通质量的提升缩短了行车时间，班车还是早上那个时间点出发，上一次下车是在傍晚，这回却是正午，太阳最晒的时候。不同于梦中的金黄，眼前的沙漠很白，白得刺眼，白得让人眩晕。朝前走几步，地底生出的热浪扑面而来，好像揭开烧开水的锅盖，烫得脸上热辣辣地疼，几乎呛晕过去。远处的沙梁上出现了一支驼队，若隐若现徐徐而行，仿佛走在无际的水面上。身为农科院副教授，黄懋清楚眼前的景色是虚幻的，那是沙漠里才能见到的自然奇观，阳光折射产生了沙海蜃景。学生时代看过一部名为《海市蜃楼》的电影，空旷的大漠里一只驼队艰难地跋涉，前方的天空中突然出现一个美丽的女子，栩栩如生，注视着过往的商旅。电影的故事就围绕着这个自天而降的女子幻象展开，男主角认为海市蜃楼是阳光折射将别处的风景搬到了其他地方，有幻象就有具象，渴望有幸见到真实的美女。但是他没想到遭遇土匪被带到匪巢见到的匪首就是那个海市蜃楼中的美女。黄懋盯着沙漠中的蜃景看了半天，那个驼队并不是阳光折射产生的异地搬移，应该是地面升腾的热气笼罩了那道沙梁，在阳光的作用下将沙梁拉散了，形成一长溜驼队般虚幻的景致。明知是虚妄的，还是看了许久，然后毫不犹豫地朝那边走去。已然不知身在何处，必须看到沙梁那边的风景。果然，爬上那道沙梁，眼前的景色突然就变了，蜃景消失，沙梁下茂密的梭梭林海海漫漫地铺展开来，遮掩了沙漠的底色。黄懋激动地大声呼喊几声，这就对了，这才是我要找的地方。

从沙梁上飞奔而下，梭梭林中一道铁丝网挡在眼前。翻过去吗？黄懋犹豫一下，顺着铁丝网外围往前走。这次来是要见一个生命中重要的人，黄懋不确定这就是她家的牧场。不管是谁家的地盘，既然拉了铁丝网，那就宣示了人家的主权，贸然进入和翻越人家的院墙是一样的性质，不道德。有铁丝网，那就肯定有人家，铁丝网不是蜃景幻象；有铁丝网，那就肯定有门的，只要顺着铁丝网走就肯定能找到入口。

铁丝网顺着沙漠地势拉建，一条直线将沙漠中的原始森林切割成两个空间，外边稀疏，里面茂密。三角铁的栏杆间距一致，有的插在沙丘上，有些钉在沙丘底，这样就在铁丝网底部形成了较大的空隙，人只需趴下就可以穿过。黄懋蹲下来朝前瞅了两眼，这么大的豁口能挡得住牲口吗，骆驼肯定是进不去的，羊就轻松了。抬眼四望，看不到一只骆驼，更不见羊群，如此茂密的梭梭林，即便骆驼那般高大的动物也完全隐藏得住，羊群就更不用说了。那么狼呢？黄懋突然感觉心悸，这黑漆漆白森森灰蒙蒙的原始森林里是否隐藏了可怕的凶物。别的不说，沙漠里狼是有的，黄懋一直关注这边的报道，有消息说这边曾经遭受狼患，袭击了牧人家的骆驼和羊群，还曾报道过几位牧民在沙漠里捕获一只成年雪豹，然后又放生了。这些可都是恶名远扬的凶物啊，这么想着，不敢再朝某个地方多看，生怕那里突然蹿出什么来。于是顺着铁丝网继续走，甚至不敢回头。

深一脚浅一脚地顺着铁丝网走了半个来小时，果然就看到了两扇围栏大门。大门敞开着，一条小路隐在梭梭林里，路上有新的车辙。有路就有人家，路的尽头必然是人家。黄懋抬手往上推推眼镜，掏出兜里的半瓶水一口气喝干了，随手把空水瓶扔在一边。这时候突然听到了汽车的声音，回头看见一辆白色的越野车快速驶来停在身后。

"把水瓶捡起来！"

开车的是个姑娘，黄懋看她也就十七八岁的年纪，俏脸儿带着怒意，说话的语气不容置疑。他心里发怵，赶紧把水瓶捡起来装在兜里。

"出去，这是我家！"

姑娘手指外边，竖眉冷脸。

"姑娘，你听我说……"

"出去！"

"姑娘，我……"

"出去！"

"嗨，你这姑娘，你咋就不听人解释呢？我也没做啥事啊！"

"出去！"

看着姑娘柳眉倒竖的模样，黄懋不明所以，心想这姑娘长得眉清目秀，咋就这么火爆的脾气，就因为扔了一个空水瓶就把人往出赶。疑惑归疑惑，还是依言走到大门外面。谁的地盘谁做主，对方既然不想多说一个字，那就没有纠缠的必要了。

小姑娘利索地关上两扇门，取下门上挂着的铁链缠绕着落了锁。

黄懋怔怔地望着她。

"姑娘……"

"想挖苁蓉去铁丝网外头挖去。"

"姑娘，你听我说……"

小姑娘冷笑一下，转身朝车边走去。

黄懋急了，大喊一声："我不是来挖苁蓉的！"

小姑娘拉开车门准备上车，听他这话站住了，回头望向他。

"你不挖苁蓉来这里干啥？赶紧走吧，不然我把你身上的东西都没收了。"

啧啧，这还对我客气了呢，谁家调教出的野丫头，不是印象中牧区人对待人的态度啊。好在她的语气多少有了点温度，不是重复着的冷漠的那两个字。黄懋想着得把她哄住了，独自走在这么空旷的沙漠里，好不容易遇着个人，那得聊出点交情，好歹得问出个人家的位置，最好是跟着去她家里，如此才能解决住宿的问题。

"我真不是挖苁蓉的，你看我连工具都没带。"

"你哄谁呢，把锹藏在哪里了吧？"

"啊呀，你这丫头，我哄你干啥？我来这里找个人。"

"找人，你找谁？"

小姑娘将信将疑地看着他。

"娜仁高娃，你认识吗？你知道她家住哪里吗？"

小姑娘略微迟疑一下。

"叫娜仁高娃的多了去了，大男人哄人你羞不羞啊。"

"啊？她是叫娜仁高娃，是不是我找错地方了，我看这个地方好像没有错啊，她家应该还得往前走，我记得是在森林里头。"

"你认识她？"

"嗯嗯，二十年前我来过这里，还在她家住过一段时间呢。"

"二十年？你咋不说五十年呢，喊！"

"嗨，你这丫头，咋就不相信人呢。"

"你说真的？你认识娜仁高娃？"

小姑娘走过来，两手扶着网围门，疑惑地注视着他。

"当然是真的了，那时候她比你大不了多少，你知道她？"

"这么多年了，你找她干什么？"

黄懋犹豫一下，皱着眉头看着姑娘没有答话。这丫头的好奇心挺强。

"我就说你骗人的吧还不承认，赶紧走吧，别进铁丝网啊。"

小姑娘鄙夷地撇撇嘴。

"我和她有个约定。"

眼看小姑娘准备转身，黄懋急忙说道。

"约定，你们啥约定啊？"

姑娘急速转身，满脸的好奇。

"算了，大人的事你小丫头知道个啥。"

"谁说我小了，我都十八岁了。"

"那也是个小丫头。"

"你说，你们啥约定啊？"

黄懋狡黠地笑一下。

"这个我不能说，这是我们两个人的秘密。"

姑娘盯着他看了半天，掏出钥匙开了锁。

"你进来吧，先去我家吧，问问我妈知不知道你找的那个人。"

汽车在密密匝匝的梭梭林中蜿蜒穿行，忽而一个急弯，把人几乎抛出车外，忽而上了沙丘，然后下沉落入一道沙沟。黄懋感慨这个才十几岁的姑娘车技娴熟，在沙漠中开车如履平地。小丫头好奇心重，边开车边询问他的目的。黄懋心里好笑，你个小狐狸能斗得过我这老妖，不紧不慢地应付着，反而把她的信息套了出来。小姑娘名叫何彩红，在两三百里外的一个小镇上读高中，五一放了小长假，昨天才回家，今天是去路上接她在外地上大学的姐姐，却空跑了一趟。

"苁蓉苁蓉，这么多的肉苁蓉。"

黄懋激动得大呼小叫。路边的梭梭林里，不时看到几株开花的肉苁蓉，紫色白色淡粉的宝塔状花序在灰白的梭梭林里特别醒目。

何彩红扭头瞪他两眼："喊，还说不是来挖苁蓉呢，看见苁蓉眼睛都红了。"鄙夷地哼两声，再不理他。

不过十来分钟，车停在一处房屋前。

"下车吧，看看是你找的人家吗？"何彩红嘴角上扬，朝他淡淡一笑。

黄懋摇了摇头，当年去过的人家是两间和沙漠一样颜色低矮的土坯房，现在看到的却是一溜红色的砖瓦房。房顶上规整地架了一些太阳能接收板，还有大锅一样的卫星电视接收器和太阳能热水器。这样气派的房屋在人烟稀少的沙漠里显得有些突兀，似乎破坏了自然原有的景致。没有院墙，房子正前方一小块用干枯的梭梭枝干圈起来的小园子，刚刚浇过水，应该是种了种子还没有发芽。正中却有一棵杏树，虽然显得孤单，却给沙漠增色不少，树上结了许多拇指大小的杏，看着就有一股清凉的味道。房屋东边的沙地上晾晒了许多肉苁蓉，密密地铺了一大片，泛着青白的光泽。这里地势相对平坦，梭梭较为稀疏，显得干净静谧，俨然一处世外桃源。

"先进屋喝茶吧，我爸妈他们挖苁蓉去了，差不多快回来了。"

到了自家，何彩红不再像之前那样板着脸，以主人的身份招呼陌生的来客。

黄懋笑笑，这才是待客之道。卸下背上的双肩背包，放在屋墙下。

"这么多啊，我先看看你们家的肉苁蓉。"

房屋东边是两间晾房，和正房一样的规格，只是没有砌墙，只有房顶和支撑主体结构的框架。这样的设计不仅遮阳，而且更利于通风，晾干的苁蓉能保持少量的水分而更加柔韧，色泽也更为润泽。错落的木架上晾晒了许多苁蓉，未及跟前，浓浓的药香扑鼻而来。晾房外面的沙地上铺晒更多，一些逐渐风干已经变了颜色，大部分依旧白亮亮的样子。黄懋蹲下拿起一株新鲜的苁蓉仔细地端详，和他见惯的管花肉苁蓉不同，这些全都是优质的荒漠肉苁蓉，株干粗壮，肉质肥厚，外形美观，散发着一股特有的药香。黄懋甚至看到了一些体形较长的苁蓉，最长的单株长度超过两米，满身的鳞片散发出金黄的光泽，宛如蛟龙。黄懋感慨，难怪古人称其为地精，这样粗壮的苁蓉，生长期至少十年，沙漠里蕴藏了多少养分才能孕育出这么优质的宝物。黄懋也感慨这家人选了这一处风水宝地。在他的印象中沙漠是贫瘠的，沙漠人家的生活也较为贫困，谁想到这里的苁蓉产量如此之高，这种长达两米的野生沙漠肉苁蓉，市场上单株就可能卖到大几千块钱，甚至过万。有了这些宝贝，生活条件不好才怪，难怪她家在沙漠深处盖了如此规模的砖瓦房，座驾也是进口越野轿车。

黄懋从上衣口袋里掏出放大镜，仔细地观察肉苁蓉的鳞片，形态、规格、排列，一株一株地拿起又放下，爱不释手。转身自背包里掏出个厚厚的写生本，选了几株样本，坐在沙地上认真地画了起来。局部、整体、特写，每一片鳞片的细节都画得清清楚楚，黄懋居然有着深厚的写生功底，将苁蓉画出了黑白照片的效果。牧区的孩子手脚勤快，何彩红屋里屋外进进出出，抱柴、打水、熬茶，利利索索地收拾家务。收拾顺当了再来招呼客人，看到黄懋的画不由惊叹起来。天哪，画得太像了，比我们美术老师画得都好。黄懋淡淡一笑，心说小丫头，你才见了几天世面啊。继续写生，画了一幅又一幅，竟然忘记了时间。

黄懋画得专心，何彩红看得痴迷，隆隆而来两辆四轮摩托车居然没有觉察。直到来人走近呼唤，何彩红才站起来转身笑吟吟地奔过去。

"爸、妈，这个人画苁蓉画得可像了。"

何彩红挽着母亲的胳膊拉她过来看。

"乌尼尔呢，不是让你去接姐姐了吗？"

"姐姐没坐早上的班车。妈你赶紧过来看，这个人画画可好看了。"

何彩红完全被黄懋的苁蓉画吸引了，拉母亲过来看。

黄懋沉浸在自己的工作中，画笔在纸上飞快地舞动，勾勒出一幅栩栩如生的生态图。看着他的身形和画作，女人顿住了，惊诧万分地说了一句："夏勒咪。"

专心写生的黄懋仿佛被什么东西重重地击中了心房，手上卸力，画笔掉在地上。

"高娃，真的是你？"说着，站起来张臂就要拥抱，女人后退一步，伸手推他，黄懋顺势握住她的双手。

娜仁高娃头巾围着脸，看不到她的脸色，眼睛里却有一层水雾。

"你放开。"何彩红愣了一下，随即粗暴地扯开黄懋握住母亲的手，挡在两人中间。"妈妈，你认识他？他是谁？真的是来找你的吗？我从路上捡来的。"何彩红感觉到母亲的身体微微地颤抖。聪明的姑娘霎时明白母亲和这个被称作夏勒咪的男人肯定有着不一般的故事。

娜仁高娃苦笑一下："咋在外头坐着，进屋喝茶吧。"

正午最热的时候，屋里的气氛有些沉闷。

黄懋喝了两碗热茶，脑门上浸出一层细密的汗珠。

老何坐在一边默默地吸烟，眼中似若无物。

娜仁高娃在案板上揉面，面团似乎有点僵，怎么揉都不光滑。

何彩红从外面抱了些梭梭柴进来，诧异地看看三个大人，低头在灶洞里点着了火。

灶台上飘出了炒肉的香味。

老何把烟头在烟灰缸里揉灭，似乎不经意地说："我知道你。"

黄懋抬头看他，轻轻地"哦"一声。

"你来迟了。"

黄懋端起茶碗抿一口。"嗯，我来迟了。"

老何看着门外。

"天气变了，要刮风了。"

黄懋看看门外，扫一眼做饭的娜仁高娃。

"起风了吗，刮场大风就啥也没有了。"

何彩红立在父亲身后。

"爸，你今天不喝酒吗？"

老何嘿嘿一笑。

"喝，咋不喝，来客人了还能不喝酒？呵呵，还是我的丫头贴心。"

"我给你拿去。"何彩红说着进里屋拿来一瓶酒，从碗柜里拿了两个大酒杯。

"再拿一个杯子来，还有你妈妈呢。高娃，过来一起喝。"

"你们喝吧，我煮饭。"

娜仁高娃没有回头。

"先喝点酒再下面吧，看样子要起风，下午不挖苁蓉了，我们得把客人招待好了。"

两杯酒下肚，气氛活络起来。老何说着牧区的故事，黄懋讲他对苁蓉的研究。

娜仁高娃脸色渐渐地红润起来，默默地听男人们说话。

"肉呢？肉熟了吧？去把肉端上来，这么干喝酒没劲。"

娜仁高娃白了老何一眼："啥时候说煮肉了，中午饭还没吃呢，煮熟到啥时候了。下午吧，下午乌尼尔也回来了。"

"呵呵，没煮啊，你说下午就下午，那就先这么凑合着喝吧，下午我杀羊，晚上接着喝。"

老何笑着举杯，挑衅似的望着黄懋。

黄懋微笑，端起酒杯和他碰一下，仰头喝干。

"好，痛快，还说你就是个白面书生呢，好好好，这就对了，像个男人。"

"哈哈，你说对了，本来就是个白面书生，也就喝酒的时候像个男人。"

黄懋爽朗地笑着主动和老何碰杯，轻轻碰一下桌子上娜仁高娃的酒杯，我敬你们两个。

娜仁高娃喝酒不似男人们那么野，却也不露怯，端起慢慢地品酌，男人们喝完再次斟酒的时候，她的酒杯也空了。

黄懋有些吃惊，一个女人家怎么也这么能喝，只比他们少喝了一杯，那也喝了三杯，这可是一两多的大杯啊。

"行了，别给我倒了，你们喝吧，我去下面，老何你差不多点，中午就这两瓶，下午你还得杀羊呢。"

黄懋看看老何手里的酒瓶，果然，半小时不到，两瓶酒见了底。

喝酒黄懋向来不怯场，几乎无日不喝，是单位出了名的酒仙。黄懋喝酒比较讲究，从来不喝猛酒，喝酒是要慢慢品的，如同品味生活，冷热苦辣都在那慢慢燃烧的感觉里。很少像今天喝得这么快，一直以为海喝牛饮那是暴殄天物，品不出酒的味道。可是今天，他喝出了不一样的感觉。喝酒要看场合，还要看对象，和某些人喝酒就要这么豪爽。

黄懋永远忘不了第一次喝酒就是在娜仁高娃家里。方才见到娜仁高娃的时候他刻意看了一下，屋后不远处两间旧土房还在，当年就是在那个老房子里被老阿爸哄着劝着喝了大半瓶六十多度的高粱白，醉了个一塌糊涂，差点把肠子也吐出来。那时候发誓这辈子再也不喝酒。但是，曾经发生的事情总是那么清晰地浮现在眼前，内心的苦闷无法排遣，甚至厌恶自己龌龊下流，谴责自己道德败坏。于是就想起了那次喝酒的感受，那是一生中最痛苦的一次体验，那就让这种感觉再来一次吧，用痛苦来惩罚自己。一次次地喝醉，一次次地反省，痛苦没有叠加，也没有减弱，酒量却日渐增大，甚至很难让自己喝醉。喝酒是一种煎熬，从来没有感觉喝酒是一件快乐的事，无非是寂寞的消遣或者寡淡的应酬，每天都在重复。今天却喝出了不一样的感觉，似乎感受到另一颗心的颤动，潜在的豪气突然间释放出来。此时此刻，再来两瓶最好。不过，娜仁高娃说话了，那就晚上再继续吧，是否再一次醉倒在她家的炕上。

天色有些浑黄，该来的风却没来。

老何果然去梭梭林里牵来一只山羊。

黄懋见不得血腥的场面，也就不去搭手，去翻看那些晾晒的苁蓉。二十多年了，肉苁蓉一直是他研究的课题，从自然野生到人工培育，从单株单产到规模化田园种植，从医学药理到药食同源，从泡煮蒸磨到酒精萃取，做了大量的工作，并因此获得了国家科技进步奖二等奖。但是，他的研究主要在管花肉苁蓉品种上，荒漠肉苁蓉研究却不多，两者的药效暂时无法比较，仅是直观地看，荒漠肉苁蓉无论外形、质地、分量、气味，都要优于管花肉苁蓉，居然还有这么高的产量，这让他欣喜不已。

觉察有人站在身后，回头看是娜仁高娃，于是就这么蹲着身子扭头定定地望着她。

"这么多年过去了，咋又来了？"

黄懋看着她不说话。

"我以为你都忘记了。"

黄懋注视着娜仁高娃，从头看到脚。她换了一身衣裳，面容姣好，皮肤白皙，身材比记忆中丰满一些，浑身散发着成熟的韵味。她还不到四十岁，本来就很年轻。

"连个音信也没有，我以为你再不回来了。"

娜仁高娃头往上仰，望向远处的沙漠。

"我醒来得太迟了。"

黄懋喃喃地说。

"那时候可真叫个难呢！"

一声轻微的叹息，娜仁高娃转身去了屋里。

黄懋抬头望向远方，沙漠隐在了梭梭林中，灰蒙蒙地连接天际。他知道，那看似密密匝匝的梭梭林，并没有完全覆盖了沙漠的颜色，其间有柔软的沙滩，有遮阴的树荫，有和人捉迷藏的肉苁蓉，有永远快乐的百灵鸟，还有蹦跳的野兔和到处打洞的老鼠。就是在那片梭梭林里，他第一次见到了娜仁高娃。往事再一次清晰地浮现在眼前。

那一年他二十五岁，西北农大研究生即将毕业，毕业论文选了个相对陌生的课题，《沙漠肉苁蓉的生长环境和药用价值》，导师对他这个选题也很感兴趣，却认为论据有些单薄，指点他到荒漠肉苁蓉的产地阿拉善沙漠中去实践考察，完善论文。于是，他选在五一长假来到了阿拉善。

那时候年轻，心劲也高，几乎什么都没有准备就坐着班车来到了这片沙漠。下车置身于广袤无垠的苍茫大漠，突然意识到自己犯了极大的错误，放眼瞭望看不到一处人家，没有一个人影，地上连个脚印也没有，自己没带住宿装备，没有水和食物补给，这无边无际的沙漠里怎么待得住。恐惧突然攥住了他的心，急忙转身呼唤，想要再上班车逃走，却发现班车已经走远了，只看见路的远方扬起的灰尘。高傲的心劲一落千丈，美丽的幻想碎了心房，望着远去的班车他哭了，哭得肆无忌惮。哭是情感的宣泄，却无法真正克制心底的恐惧。眼巴巴地望着公路两头，他期望能再来一辆车，搭车到有人家的地方或者就此返回。沙漠里可真够冷清的，在路上守了个把钟头，连一辆汽车也没有见到。眼看太阳西垂，冷静地想一想，不能这样守株待兔，先得找个地方住一晚，沙漠里或许会有人家。在落日的余晖里朝着沙漠深处走去。

一直走到天色暗淡了，仍然不见人家，心反而静了下来，只能在沙漠里露宿了。找了一处沙窝，那些干枯的梭梭就是最好的烧柴，幸好有抽烟的习惯，香烟和打火机一直带在身上。点燃了篝火，恐惧却愈发地强烈了，自己在明处，生怕有什么东西突然扑过来。握紧工兵锹四下里瞭望，感觉黑暗中无数的眼睛盯着自己，耸起耳朵仔细地听，听到自己的血液如江河流动。随身带的水和食品不多，不敢多吃，稍稍垫个底。极力压制着内心的恐惧，在火光范围内又去捡了许多梭梭拖到火堆前，然后把背包里的衣服都穿在身上，面对篝火躺靠在柴堆上休息。

起先还心存戒备，眼观六路耳听八方注意着周围的动静，不时地添上一些柴火，终于不抵瞌睡的困扰，迷迷糊糊地进入了梦乡。睁开眼时天已大亮，面前的篝火早已成灰烬。五月的天气，初升的太阳光芒四射，然而并没有多少热量。他是被冻醒的。没有风，也没有云，天空清朗如同一枚晶莹的海蓝宝石，霞光浸染了起伏的沙漠，洒下一片金黄，空气清冷刺激了身体每一处感官。年轻的身体里必然蕴藏着一些运动的因子，站起来活动活动四肢，然后蓄势奔跑，一口气跑上东边的沙梁，沐浴在朝阳的清辉中。脚下，被拉长的身影连接了西边的另一道沙梁。身体暖和了，人也就精神了。在空旷的沙漠中，在朝阳的沐浴下，在寂静的自然里，黄懋忘记了昨晚的恐惧，忘记了曾经的绝望，浑身充满了力量，天地间回荡着他快乐激昂的呐喊。

管他呢，既然来了就不能空手回去，应该还能坚持一天，怎么着也得找到一些肉苁蓉吧，来时夸下了海口，不带点样本回去在同学面前抬不起头来，导师跟前也不好交代。

从未见过生长状态下的野生肉苁蓉长什么样，只知道荒漠肉苁蓉是寄生在梭梭的根部，眼前如此规模的梭梭林，找到肉苁蓉应该不是难事。黄懋背上背包在梭梭林里转悠，从西转到东，从南转到北，从清晨转到中午，虽然饥肠辘辘、疲惫不堪，然而好运并未眷顾，仍然一无所获。

虽说还未入夏，正午的太阳还是有些毒的，背包似有千斤重，压得他浑身是汗。晃晃悠悠地走了大半天，苁蓉一株没见到，人影一个也没有，野兔老鼠倒是不少。昨夜省下的那点食品早就下了肚，望着蹦蹦跳跳并不跑远的野兔和这边钻进那边又探出头的肥硕沙鼠，黄懋想着是不是逮一只烤熟了补充能量。野物似懂得他的心思，稍微有点动静沙鼠就倏地钻入地底，野兔则更有意思，他不动则不动，等他走近了才突然一跃，迅速地奔逃，然后，在不远处的梭梭底下直起身子耸耳观望。沙漠，是他们的天堂。

正午已过，身体里的水分一点一点地析出风干。黄懋不敢停下脚步，也顾不得再低头寻找苁蓉，这时候最紧要的是找到人家，如此才有希望。爬上一道沙梁，茂密的梭梭林仍旧望不到头，地底的热气不住地往上蒸腾，看得见热气的流动，把梭梭林和远处的沙漠都拉散了，不停地变幻着形态。他看到了一处土坯的房屋，几乎和沙漠一个颜色，专心去看时，房屋突然变了形状，幻做一股热流飘荡上天空。揉揉眼睛再看，那边分明什么也没有。一阵目眩，差点栽倒。

真的人家还是幻象？

跌跌绊绊地朝那边奔过去，依然是茂密的森林，哪有什么房子啊。

继续往前走，眼前的一切似乎都变了模样，黄懋感觉自己独自在茂密的森林里逃亡，无数猛兽毒虫紧追不舍，两边更有无数双眼睛死死地盯着他。不知什么时候，身上的背包丢了，顶在头上遮阳的外套也没了，只剩下手里的一把工兵锹，那是他防御的武器，紧紧地攥在手里。早已不辨方向，自以为一直在走直线，突然发现地上的一串脚印兴奋不已，仔细看却是自己的脚印，再往前走，脚印越来越多，全都是自己的痕迹，仿佛许多人穿了同样的鞋子从森林里经过。这才明白，走了这么大半天，自己不过是在这片迷宫般的梭梭林里转圈儿。血液直冲脑门，恐惧紧紧地攥住了他的心，却不敢停下来歇息，直到什么东西突然把他绊倒在地上。什么东西偷袭？他吓得大喊一声，爬起来想跑，却脱了力气，爬起又跌倒，感觉那东西在他身上狠狠地咬了一口，绝望的呼号惊飞了唱歌的百灵，惊跑了探头探脑的沙鼠。不管三七二十一，抓起来就往远处扔，湿润润毛茸茸的，感觉应该是沙鼠之类的动物。可恶！拾起工兵锹紧张地巡视四周，并没有什么动静。低下头看不禁呆住了，踏破铁鞋无觅处，得来全不费工夫，绊倒他的居然是两株出头的肉苁蓉，长出地面有十几公分了，一株已经被他压断，散发出浓郁的药香味儿。那么，刚才扔出去的应该就是这个苁蓉头了，跌倒时身体正巧压在了苁蓉头上，并没有什么东西搞突然袭击。黄懋不禁失笑，这是怎么了，自己吓自己。做了小半年的苁蓉研究，当然知道苁蓉富含水分，还可以直接食用。这下有救了，不仅可以采集样本，画出生长状态全貌，还能够补充水分，赶走饥饿。还是有些不放心，黄懋看看四周，森林依然，沙鼠仍旧探头探脑地窥视，百灵鸟的歌声又在别处响起，再无其他动静，心底的恐惧减轻几分，操起工兵锹小心翼翼地挖掘。

原以为挖出肉苁蓉是很容易的事，谁料想这两株肉苁蓉不仅粗壮还很深，足足挖下一米才到根部，好在前些天下过雨，地底的沙子湿气重，没有出现塌落现象，纵如此，还是挖出了一方多的沙子，地上出现一个等体积的沙坑，两株肉苁蓉仿佛两个初生的婴儿，浑身散发着嫩白的光泽，与一条小指粗细的植物根相连，周围都是一丛丛一棵棵或密集或独立的梭梭，判断不出是在哪一棵梭梭根上寄生。成就的喜悦冲淡了腹中的饥饿和心底的恐惧，顺着根蔓继续挖掘，这个工作比刚才挖苁蓉还要困难。黄懋决心绘制一幅肉苁蓉和寄主的全貌图，就得保留梭梭其他的根蔓，所以距离梭梭主干越近就越发小心。这次的土方比之前的两倍还多，却让黄懋收获巨大，梭梭主根很短，养分全靠几条较粗的侧根及侧根上的毛根吸收。

确实有些累了，黄懋爬出坑，看看太阳已经偏西，先从裤兜里摸出香烟点着狠狠地吸了一口，好像补充了大量的能量，顿时轻松许多。斜叼着烟，准备写生时才发现背包不见了。不由冷汗直冒，没有写生本这些工作不就白做了，没有外套今天晚上还不冻死。起身去周围找了一圈，什么也没找到。一下子泄了气，沮丧地躺在苁蓉坑前，眼睛都无力睁开。

突然听到了脚步声，脚踩在枯草上轻微的摩擦声。忽然停下了。

"嗨，嗨，你是谁？活着没？"

有人来了！黄懋浑身打个激灵，一骨碌爬起来，倒把对方吓得叫唤一声后退几步。随即看到一个姑娘警惕地注视着他，赫然背着他的背包和外套。

"我的包，我的衣服。"

"谁让你来这里挖苁蓉的？天哪，你咋把扎干根也给挖开了？起来，你是干啥的？"

"我的包。"

"你是干啥的，挖苁蓉就挖苁蓉，干啥把扎干根也挖出来了？"

黄懋费了好大的劲才听明白姑娘说的"扎干"就是梭梭，但黄懋费了好大的劲也没能让她听明白自己挖梭梭根的原因。好在姑娘相信自己捡到的背包和衣服就是他的，扔给他，却仍旧提了锹警惕地看着他。

"有水吗？有吃的吗？我已经整整一天没吃东西了。"

姑娘丢给他一个军用铝制水壶。

黄懋一口气喝干，朝她笑笑，拉过背包掏出写生本熟练地画起来。先从那棵梭梭树画起，树干、树枝到根部，连那些毛根也画得很仔细，然后一条细根连接了两株肉苁蓉。黄懋画画很投入，似乎忘记了自己身处沙漠深处，身后还站着一位陌生人。差不多两个小时，才完成了自己的画作，转身看到那个姑娘一直站在身后，似乎看着他的画发呆。

"我能把它采下来吗？"

"这个给我。"姑娘指着画说。

"开玩笑，这怎么可能，千辛万苦就是为了这个写生。"

黄懋合起写生本，下意识地藏在身后。

姑娘脸上飘起一朵红云，狠狠地瞪了他一眼。然后过来下到坑里采了两株肉苁蓉，挥锹填满沙坑。

黄懋有些尴尬，拿起自己的工兵锹和她一起回填。

娜仁高娃的家其实并不远，两里多地就到了。黄懋惊异地发现她家的房子和他中午在沙梁上看到的一模一样，想不明白自己当时看到的是蜃景还是真实的房屋，怎么走了那么长时间都没有找到。

娜仁高娃笑着向她的父母说了遇到黄懋的经过，老人家友善地请他上炕吃喝。

问了他的名字老人家疑惑地望着他。

"夏勒咪？"

娜仁高娃哈哈大笑，老人家把黄懋听成了黄猫，蒙古语称黄色的猫为夏勒咪。黄懋也不由乐了。

黄懋的画技吸引了娜仁高娃，接下来的几天她领着黄懋在沙漠里转了个遍，教他挖苁蓉、锁阳，认识沙漠里的动物植物。一些生物是黄懋不曾见过的，在写生本上一一画了下来。他们找到了一簇七八株开花的肉苁蓉，像一座座悬挂了许多白色、紫色风铃的迷你宝塔。想到管花肉苁蓉可以人工种植，黄懋认为荒漠肉苁蓉也可以人工种植，他把自己的想法和管花肉苁蓉的种植方法对娜仁高娃讲了。

"就是，如果苁蓉能种就好了，这样满滩地找太麻烦了，还经常落空。"

"我给你发明一个机器，到苁蓉跟前机器就响的那种。"黄懋笑着说。

"吹牛吧，哪有那么好的东西。"娜仁高娃不屑。

走累了，两个人坐在一处干净的沙地上聊天。黄懋心情极好，讲起话来滔滔不绝。似乎每一个话题都使娜仁高娃好奇，认真地听，不住地笑。

娜仁高娃的笑声很有感染力，毫不掩饰自己的快乐，健康美丽的脸庞上散发着青春的光泽。她的笑声惊扰了跟前梭梭林里的沙鼠，一个个惊恐地钻进了洞里，不一会儿又探头探脑地从洞口钻出来机警地观察。

空气突然热了起来，原始的冲动点燃了年轻人的感情。恍惚中，黄懋感觉身边的姑娘变成了一只狐，一只白色的灵狐，妖娆地为他舞蹈。黄懋沉浸在温柔乡里。

一只沙鼠听到了动静，倏地钻进了洞里。

黄懋惬意地点燃一支烟，这近乎原始的梭梭林居然是如此绮丽的风景。

快乐的假期很快就要结束了，娜仁高娃送黄懋去公路边等车。

远远地看到班车开过来，黄懋紧紧地拥抱娜仁高娃，这个纯洁得不染一丝风尘的女子给了他从未有过的快乐，陪他度过了人生中最快乐的三天。

幸福来得突然，去得也快。他终归是要走的。

"你还来吗？"娜仁高娃明亮的眼睛注视着他。

这个问题她问了好多次。

"来，明年这个时候我还来。"

这个问题他也回答了好多次。但是黄懋说话有些心虚，即将毕业，明年将在哪里就业还不一定，可以肯定的是他不会再来这片沙漠，却不忍伤了那双清澈的眼睛。

于是，娜仁高娃就笑了。

"我等你。"

黄懋从写生本上取下那张苁蓉的画给娜仁高娃，她紧紧地捂在怀里，笑脸宛如灿烂绽放的苁蓉花。

班车开走了，透过车窗黄懋看见娜仁高娃向他招手，那个可爱的姑娘的影子在逐渐地变小，最后成了一个黑点，看不见了。

远眺苍茫的大漠，黄懋在想，当年如果信守承诺再次来过会是怎样的结果。

何彩红开车回来了。抢先下车的乌尼尔飞奔着跑向迎来的娜仁高娃。

黄懋微笑地看着拥抱的母女，乌尼尔的相貌比何彩红更像她们的母亲。她应该有二十岁了吧，想到刚才的自责和娜仁高娃说等他回来的话，黄懋的心突然疼了一下。

现宰的羊肉格外鲜嫩，苁蓉泡的高粱白也分外有劲，望着其乐融融的一家人，黄懋并不觉得自己是外人。那两个小丫头似乎得了母亲的真传，像两只灵动的火狐，自来熟地和他说笑，不停地给他敬酒。娜仁高娃含笑看着他们，笑斥女儿们不要胡闹。

从来没有这么开心地喝酒，招架不住一家四口频频敬酒，黄懋终于醉了，四仰八叉地躺在炕上……

天高气爽，挖苁蓉的季节，没理由闲待在家里。

黄懋从背包里掏出一个手机大小的仪器，递给娜仁高娃。

"这是什么？"

娜仁高娃疑惑，两个女儿也凑过来看。

"我发明的苁蓉探测器，我答应过的。"黄懋有些得意。

女人的眼睛亮了。

"管用吗？"

"我们出去试试。"

东边的梭梭林里，黄懋开了探测器开关，小东西立刻滴滴滴滴地叫唤起来。

"有苁蓉。"黄懋兴奋地说。他来回走动测试方向，奇怪的是不论哪个方向探测器都会欢快地叫唤。不正常，黄懋着急了，试过多少次了，从没出过差错，怎么到了这地方就出问题了呢，似乎发生了紊乱。关了仪器再开，依然这样。黄懋额头冒汗了，本来就是拿着这个发明来见娜仁高娃的，关键时刻掉链子。

何彩红一把抢过了探测器，来回走动着探测，目光扫向探测器发声紧促的方向。

"啊呀，真的管用呢。"

两个女孩高兴地大呼小叫。

黄懋看着她们奔去的方向，这才发现四面八方到处都是苁蓉头，大多已经开花了，淡粉的宝塔给灰黄的大漠增添了梦幻的色彩。

"怎么这么多苁蓉？"黄懋愕然。

"我们自己种的。"娜仁高娃说。她用头巾围住了脸面，却遮不住眼睛的笑意。

"你们种的？"

"嗯，就是你教我的办法，收下开花苁蓉的籽，春天的时候在梭梭跟前挖坑种下去，三年就出头了。"

"这么简单？"

"也不简单。你说你们那边能种，我就试着种了，反正也闲着。从来没有种过，没有经验，头年种下第二年没有结果，我就继续种，摸索了七八年才算是种成了。我们的苁蓉籽还被神舟飞船带上太空，回来后种出来的苁蓉比野生的更粗壮呢。你看我们现在已经不放牲口了，专门种苁蓉，一年就忙两三个月，收入比放一群骆驼好多了。"

娜仁高娃眼睛里流露出幸福的满足。

黄懋沉默了，这是怎样的一个女人啊，自己的一句话竟然被她记得如此深刻，花费七八年的时间去证实。那么，这么长的时间，每次收、种苁蓉的时候她是否记起他呢，是否也如他这样克制着、隐忍地念想了二十年。二十年，他历经情路坎坷才幡然醒悟，自己到底错过了什么。看到这片颇具规模的苁蓉种植地，黄懋说不清心里头什么滋味，为她的成功高兴，也为自己失落伤感。那个苁蓉探测器倾注了他大量的心血，根据气味检测仪的原理一次次地实验做成，只对苁蓉的气味有感应。原本引以为豪的发明，面对规模化的种植显然已经没有太大的用处。那么，这项发明也如自己的感情一样多余了。本来想着把它送给自己心中的这个女人，然后去申报个专利。现在他已经没有那个心劲了，当自己的成就在最关注的人眼里显得无足轻重的时候，那也是一种失败，而且是彻底的失败。

　　在这样的种植基地里挖苁蓉就省事多了，省去了到处寻找的过程。以往挖苁蓉时间都花费在寻找上，不停地在梭梭林里走动，走的路多了才有可能碰到更多的苁蓉，当然，还需要一双犀利的眼睛，尽览沙地上的任何生物，能不能找得到全靠运气。

　　"妈，你也试试，真的很准呢，只要顺着叫声的方向走就直接找到苁蓉了，苁蓉埋到沙子里头也能找出来呢。"

　　何彩红跑过来兴奋地说。

　　娜仁高娃在女儿的指导下测试了一次，果然。眼睛里就有了晶莹的泪光。

　　娜仁高娃不远不近地和黄懋保持恰当的距离，很少主动说话。

他问了，就回答几句，他不问，就不多说。两个宝贝女儿可没那么多的忌讳，亦步亦趋地跟着他，叽叽喳喳说不完的话，居然也是收、种苁蓉的行家。不消说男主人老何，就连娜仁高娃也颇为诧异，两个女儿从来不去搭讪生人的，对这只"夏勒咪"却一点儿也不陌生，仿佛冥冥中牵着一根线，维系着彼此的情感。

何彩红抢着说她们在自家草场上的每一株梭梭底下都种了肉苁蓉，苁蓉的生长周期并不固定，最快两年，晚一些的五六年甚至七八年才能长出，成功率在百分之七十左右，主要看当初下种时挖坑深浅和雨水是否充足。以前下种是人工挖坑，工程量比较大，一季也种不了多少，现在用四轮拖拉机牵引的打坑机，单人操作每天能打几百个坑，不担心坑里是不是有梭梭根，下种的时候稍微浇点水再填埋，梭梭的根有趋水性，探寻到水分自然就生长过来，很容易就碰到撒下的苁蓉种子，立刻被种子结苞寄生成为供体。他们每次挖苁蓉随身都带着苁蓉种子，采挖的时候一般不将苁蓉采全，而是在其根部铲断留下一小部分，然后填埋，往往可以再生。如果采挖时判断错了方向不小心铲断了苁蓉寄生的梭梭根，那就把苁蓉整个取出，然后丢下几粒种子，浇点水填埋，会有新的梭梭根从这个方向长过来。

从事专业研究的黄懋对于苁蓉寄生结苞、寄主趋水性这类常识再明白不过，这是他和他的老师两代人经过几十年探索的科研成果，居然被这家朴实的牧民在劳作中摸索到了，这让身为副教授级科研专家的他感觉特别的尴尬和滑稽，感慨劳动人民强大的创造力。阿基米德说："给我一个支点，我就能撬起整个地球。"黄懋只是告诉娜仁高娃肉苁蓉可以人工种植，她居然锲而不舍地摸索着探寻到一条致富之路，她以她的聪慧与坚持创造了属于自己的财富。她还无私地把自己的经验、自己采集的苁蓉种子分享给其他的牧民们，带动大家一起致富。想想实验室里像自己一样所谓的专家们，一旦有些科研成果首先想到申请专利，黄懋感觉自己很渺小。

黄懋收拾好自己的行装，无非就是一个双肩背包。来的时候还有一些期许，并没有定下哪天回去的计划，现在决定回去了。他看到了娜仁高娃的幸福，老何对她呵护体贴，女儿们美丽聪慧，她还拥有这样一方干净得一尘不染的世外桃源。还有什么比这更惬意的生活呢。遗憾的是这样的生活不属于他，或许曾经有机会，毕竟是错过了。错过了就不会回来了，于她而言自己就是多余的，既然多余，就没有必要多待了。也许，自己冲动地来到这片沙漠本来就是个错误，第一次不该来，这一次更不该来，徒增了许多惆怅。

何彩红进屋看出他要走的意思，立刻大呼小叫地喊开了，乌尼尔紧跟着进来，两个姑娘一左一右挽住了他的胳膊，撒娇卖乖地不让他先走，原因是再过一天她们也要回去上学了，挽留他再住一天一起走。黄懋尴尬地看向老何和娜仁高娃。老何笑着说我泡的苁蓉酒还没喝完呢，娜仁高娃没有说话，眼里流露出几许期待。

似乎没有拒绝的理由，不坚定的心被这一家人融化了，黄懋突然有了想哭的冲动。

晚上的一场酒，歌舞翩翩，笑影相随。何彩红在妈妈的示意下取下墙上发黄的相框当着大家的面拆开，将相片底下垫着的一张纸翻过来，一幅梭梭寄生肉苁蓉的铅笔画清晰地呈现在黄懋眼前。酒，是情感的催化剂，湿润的空气源自心底，慢慢地涌上眼眶，这幅画和眼前可爱的人们都模糊了，黄懋再一次酩酊大醉。

清晨，娜仁高娃细心地收拾好女儿们的行李，微笑着主动张开双臂和黄懋拥抱一下，然后把那幅画放在他的手心里。

"你的东西我都还给你。"

黄懋笑笑："那就让我继续保存吧。"

离别的愁绪弥漫了这片宁静的沙漠，两个女儿拥抱母亲亲吻她的脸，脸上沾染了她的泪水。

班车上，何彩红贴近黄懋耳边突然小声说了一句："我知道你是姐姐的爸爸。"

"你说啥？"黄懋身体一震双手抱住了何彩红的肩膀。

"真的，爸爸知道，妈妈知道，姐姐也知道。我一看见你画画就知道了。"

黄懋注视着坐在前排的乌尼尔，眼中蒙了一层水雾。

最后一个土匪

"说说吧，总有些事情值得怀念吧。"我说。

老嘎瓦①默默地吸烟，微眯眼睛望着门外的亮光。

经历过的事情哪能轻易就忘记了，难道把那些事情当成秘密带到棺材里？总得给后人们留点念想吧。我注视着他的眼睛，寻找打开他心结的钥匙。

我对面是一位神情冷漠的老人，头发雪白很难找到一丝杂色，眼睛浑浊茫然，眼神里看不出悲喜，也看不到忧烦，我能读到的东西只有一样，冷漠。不过，这不是我看到的全部。他的面貌极为丑陋，左边脸严重变形，颧骨薄得似乎只有一层皮，脸颊上却突兀地长着个恶心的肉瘤，就好像被谁削去了半边脸，然后在脸颊上缝了一颗皱皱的核桃。如果不明就里地遇到这个模样的人，没准儿我会被吓跑的。我注视着这样的一张脸足足一个钟头，依旧感觉特别压抑。但是，我

---

① 嘎瓦、乃花儿、宝山等等：蒙古族人名。

更加肯定了自己的判断，他绝对是一个有故事的人。

见到他是个偶然。

每次下乡我都会按照工作计划的路线走一遍，送些慰问品，再说几句安慰鼓励的话。这一回，贼精的宝山察觉到了我好打听的习惯，故作神秘地说扎干呼都格嘎查还有一个土匪，他的过去没有人能说得清楚，还坐过两次牢。这句话很有效果，沙窝窝里居然还有这样一个人物，我的好奇心被勾了起来，甚至是迫不及待地催他一起来了。可我没想到他居然是个闷葫芦，这么面对面地坐了一个来钟头，竟然没有开口说一句话。

"老嘎瓦你听我说，民政局的同志专门来看你来了，就把你过去的事情说说吧，往后民政上也好经常照顾你啊。"

我目不转睛地盯着他看，我注意到他斜着眼睛瞄了宝山一眼，他仍然没有说话。

屋里烟雾缭绕，都看不清彼此的模样了，三个烟鬼就这么压抑着消灭了两包烟，丢了一地的烟头。

宝山耐不住了："我说老嘎瓦，你咋就不明白个事呢，人家专门来看你，又是送钱又是送吃喝，不就想了解一下你过去的事情问问你现在的困难吗，有啥不能说的，都七老八十了，现在的政策谁还能把你再咋样，还有啥怕的？说清楚了日后对你只有好处。"

老嘎瓦斜眼朝他看一阵，耷拉着眼皮吸几口烟，把烟头在炕沿上揉灭了丢在地上，似乎是哼了一声，慢腾腾地下炕出门，就好像我们两个压根儿就不存在。

"算了，我们走吧，这个老顽固，见了谁都这副不理不睬的样子，我当嘎查主任五六年了，年年至少来两趟，加起来也没有听他说过十句话。今天要不是你一定要来，说啥我再也不上他的门。就让他一个人自在去，死了也没人知道。"宝山愤然说。

"你要真这么想，就不会给我说他的事情了。"

"问题是这个老家伙不领你的情，好心没好报。"

"要不你先回去忙你的去，明天早晨再来接我。"

"你不是开玩笑吧，你想在这里过夜？不行不行！"宝山一个劲地摇头。

"有啥行不行的，我又不是没下过乡没在别人家住过。他肚子里有话，我得想办法一点一点地掏出来。"

"那行，我陪你住一宿。"

"不了，你在只怕他还是啥也不肯说。"

宝山看看门外，压低了声音说："他可是个土匪。"

"那是过去，现在就是一个老头子，一把老骨头。"

"你可要想清楚了。"

"有啥想不清楚的，你就放心吧。"

不知不觉已是黄昏，太阳仿佛一枚晶莹的蛋黄灿烂地悬在西边的沙岗上，给沙漠铺了一层金，洁净灿烂，没有丝毫杂质，给人一种圣洁的感觉，仿佛到了电影中的西天佛国。我是在沙漠里长大的，按说这样的景色于我来说并无新鲜，可我还是迷恋这种静谧的气氛，安静、平和、神圣。有时候会情不自禁地想，如果草场还在的话，就去沙漠里安静地养老，在广袤的天地之间，和日月星辰为伴，和大漠生灵结友，日出而作，日落而息，什么都可以不想，把所有的烦恼都抛开，这才是理想的生活。再想想这也不太现实，当初削尖脑袋朝城市里钻，现在回来我还能守得住那份寂寞吗？

羊圈在屋子南边，也就四五十步的距离。老嘎瓦抱起一捆干草蹒跚着朝那边走去，几只羊羔顽皮地和他捣乱，抬起前蹄伸长脖子抢食他怀里的干草，差点儿把他扑倒。夕阳将他和羊羔以及那个不大的羊圈映照得金灿灿的，像一幅重彩的风景画，和谐、安逸。不由得想起了童年时代，那时候我的父母就是这样的生活，不同的是他们身后和羊羔们一起捣蛋的还有一个我，父亲母亲偶一回头，眼里盛满了怜爱。整整一个下午，老嘎瓦不曾和我说过一句话，这时候却有了声音，似乎是在和羊们唠叨什么。这个老人像极了我的父亲。我不由得将他与父亲的影子重叠在一起。

老嘎瓦显然没有想到我会动手做饭，进屋稍微愣了一下，在墙洞里摸出一支蜡烛点着支在炕桌上，然后盘腿坐在炕沿上默不作声地抽烟，好像我给他做饭是理所应当的事。

人老了，饭量也小，他只吃了一碗面条。不过我能看得出来，老人家吃得舒坦，烛光里脑门上渗出密密汗珠，脸上那颗核桃般的肉瘤也泛着光泽。

老嘎瓦又点了一支烟，把自己埋在浓浓的烟雾里。烟是男人寂寞的伙伴，学生时代我便沾染了吸烟的恶习，但并不贪婪，仅仅是为了应酬或让自己的思绪沉静下来。像老嘎瓦这般吸烟的人我还是第一次见到，嘴上几乎一刻不闲地叼着纸烟，似乎那是他生命中唯一的伙伴。我的理解，烟瘾越大，内心的寂寞就越多。那么，对面的这位老人半个多世纪来独自咀嚼着孤独的岁月，在他身上该隐藏了多少寂寞的故事呢。

"真的不想说点什么吗？"

老嘎瓦没有应声。

"有些事情说出来心里也就释然了。"

老嘎瓦依旧那么老僧入定般坐着不吭声，甚至眼皮也没撩一下。

就这么沉闷地面对面坐了老半天，蜡烛似乎不堪沉闷的压力矮了大半截。居然也抽掉了四五根烟，嘴里苦得发麻。我不时抬眼看看他，一直保持着那个姿势，耷拉着眼皮一支接一支地吸烟，似乎到了忘我的境界。这个老头别是个哑巴吧，抑或他早已关闭了心门，完全地封闭了自我。困意一个劲儿地袭来，我靠在墙上打个哈欠，我想放弃了。

烛光突然爆个灯花，然后忽明忽暗地跳跃，东墙上老嘎瓦的影子摇曳着飘动，屋里的气氛突然变得诡异起来。

猛地打个激灵，我睁大眼睛坐直身子。

老嘎瓦在炕桌下摸出个红柳签，拨了拨灯芯，屋里立刻光亮了。

我长长地出口气。

老嘎瓦下炕从碗柜里掏出两个茶碗放在炕桌上，然后取来两瓶苁阳酒。酒，是我下午带来的礼当。

我立马来了精神，有戏。

对着干了一碗酒，老嘎瓦突然发出一个奇怪的声音，好似久久压抑的精神终于得到了释放，又似久病的人一声长长的叹息。

我给空的茶碗里倒上酒："就当我是你的小辈吧。"

老嘎瓦端起酒呷了一口，望着碗里透明的液体，缓缓地说："唉，都过了好多年了。"

太阳才有三个卧杆高，天气就已经热得不行，少年走出汗了，把水鳖子丢在地上，解开衣襟上的花骨朵布纽扣，肩膀摇一摇，衣裳就滑到腰际，露出光溜溜的胸膛脊梁。十六岁的少年已经有了男子汉的体魄，朝远处瞭望便显出胳膊上的一疙瘩腱子肉，阳光烤晒风沙磨砺的缘故，栗色的肌肤显出牧家男儿质朴的阳刚。沙漠泛绿的时节，已经能够感觉到脚底下沙子的热量了，少年还穿着阿布①留下的那件棉袍。才过了一个秋冬，少年的身体像淋了雨的沙蒿，悄没声息地拔高了一节，身子骨也宽了许多，去年还能凑合穿的单衣已经裹不住他蓬勃的身体了。赤脚在沙子上疾走如风，柔滑的沙子和才出芽的草棵摩挲着脚板，一种难以名状的舒适，尽管早上起来肚子里空荡荡的，腿上却有使不完的劲，攒足了劲一口气大步流星地走上了沙梁。

少年人贪睡，早上起来没见着羊群，屋旁的扎干圈里惊起一群麻雀，不过是一个起身，落在圈墙上望着他叽叽喳喳地吵吵，似乎

---

① 阿布：蒙古语，爸爸。

是不满意他惊扰了它们在羊粪堆里刨食。三十几个羊的小群，是他全部的财产，少年却不着急，知道羊们自顾去撵青了。进圈里把羊们跪卧的坑儿一个个扒拉平整，把蹭挂在圈墙上的一丝丝羊毛羊绒揪下来抟在手里回去。屋是土坯屋，和周围环境一个颜色，若非跟前有个扎干圈，很难发现这里还有户人家。墙已经开裂了，雨水冲刷墙面露出一块块残缺的土坯，少年把手里的羊毛团塞进土坯缝隙里。屋里徒有四壁，墙皮乌黑，屋顶低矮，那几根扎干檩条椽子被烟熏得能渗出油来。从那个破旧得几乎和檩条椽子一样黑的碗柜里掏出一块锅盔揣在怀里，然后把门后那个光亮的黄铜水鳖子背在身上，关了门，顺着羊群踪迹撵过去。锅盔是昨晚吃剩的，也是他屋里仅有的一点粮食，如果今天再见不到商队的话，那就得饿肚子了。

　　站在沙梁上瞭望，羊群是朝北去了，那边的地势低一些，高高的沙梁和远处的巴彦乌拉山遮挡了倒春的寒风，春天来得早一些，远远地呈现一片淡淡的盎然的风景，像是给沙窝窝铺上了一件湿润的织毯，温暖而且充满了希望。羊群去那边是有道理的，那边撵青不仅有能吃饱肚子的嫩草，还有甜水。自家水井有两年没有清淤了，水浅得打不满一兜子，并且咸苦，不仅人不能喝，牲口也不爱喝。不是不想拾掇，井底清淤不是一个人能干得了的事。少年原本每隔几天就去那个深井上背一次水，顺便赶了羊群饮水，如今天气渐热，羊群不等他起来吃喝，早早地就奔着那边去了。那口深井还是阿布在的时候联络沙子里的牧人们挖的扎干井，本来阿布想通场去那边，后来觉得那口井是在商旅往来的驼道旁，住了也不安生，最终没有通场，倒方便了过路的商旅牧人，常常在那里过夜。时间长了，那里就很有名了，不管沙漠里的牧人还是来往的商旅，没有人不知道扎干呼都格的，牧人们算准了祥泰隆商队的脚程，往往扎了帐篷守候，等商队到了，那里就形成了一个集市，牧民用畜产品换取日常生活所需。这也是阿布当年没有预料到的事。这样的日子是少年最为期盼的。几十个甚至上百个大牲口的商队，浩浩荡荡，驮来琳琅满目的各色商品吸引着少年的眼睛。再就是方圆数百里的牧民们蜂拥而来，彼此招呼寒暄，娃娃们在人群中、牲口肚子底下窜来窜去地捉迷藏，寂寞得长了茧子的心让和煦的风吹柔软了。少年喜欢这样的热闹。少年盘算着商队就这两天该来了，除了那个小小的羊群，他身无长物，打算用群里那只最大的羯羊换一口袋粮食，运气好的话，还能讨上二两茶叶，对了，如果再能要半斤砂糖就更好啦。很久没有吃过糖了，少年人总是对甜食充满了期待。

近了，过了前头的那一片沙疙瘩就到了。远远地听到了一声马的嘶鸣。莫非祥泰隆的商队早到了？少年疑惑地爬上跟前最高的白茨疙瘩，朝那边眺望。果然，那边瞭见几匹马，似乎还有人的话语声传来。少年高兴了，掏出怀里的半拉锅盔叼在嘴里。麦香勾起食欲，也不省得擦掉嘴角的口水，几口就把硬撅撅的锅盔填进肚里。这本来是他计划中一天的口粮，甚至做了饿两天肚子的准备。这下好了，商队来了，一个冬天的精打细算终于熬到头了。少年把水鳖子上的宽肚带绳子勒在额头，驮着水鳖子迈开大步朝前走去。他想象着即将到来的热闹，散住在沙窝里的牧民们都会来井上换东西，东边的小巴特和西边的乃花儿姐姐都会来的，该是多么快乐啊。说不定图布欣阿布还会像去年秋天那样给他灌两口烧酒呢。少年忘不掉头一次喝烧酒的感觉。烧酒是啥滋味，就像是锋利的刀子捅进了嗓门眼，火辣辣地疼，呛得他差点流眼泪，惹得图布欣阿布和乃花儿姐姐差点笑岔了气，笑过了，才感觉肚里暖烘烘的像穿了件二毛皮的小夹袄。想着，走着，脚步轻快了许多，少年的脸上露出了笑意。

走过最后一个沙疙瘩，一片泛着青色的沙滩展拓拓憨憨实实地撞进眼睛里，井边的景色一览无余。三五匹马拴在扎干桩上，井架上卧杆低垂，显然是谁刚刚打了水，咋就忘了把水兜子提起来。他的羊群远远地聚在一边望着他，奇怪的是羊们没像往日那样围着水槽。一旁的牲口粪堆跟前，一缕淡淡的青烟飘飘摇摇地升上蓝天，却不见一个人影。少年有些失望，商队咋就没来？

少年的耳朵很灵敏，听到身后的脚步声，扭头去看，惊吓得叫喊起来，慌张地跳了几步抱住脑袋，头上勒着的水鳖子掉在沙地上，发出一声沉闷地响。少年惊惧地睁大了眼睛，几个黑洞洞的枪口对着他，枪的后面，是几个陌生的面孔。少年吓得说不出话来。

收起枪，领头的丢个眼色朝刚刚熄灭的火堆走去，其中一个胖子在少年身上摸索半天，把他腰上的刀子抄去了，踹他一脚，穷得就剩个皮了。少年乖乖地跟着走过去。

少年看清了，一共四个人，除了那个胖子外，领头的是个瘦子，脸冷得像锅底，还有一个走路有点跛，是个瘸子，最后一个则是个独眼龙，剩下一只眼睛就好似沙窝里斜视的三尖头蝮蛇，说不出的邪恶，看着很不舒服。他们衣衫褴褛，腰里勒着皮带，身上都带枪。瘸子在冒烟的灰烬里拨拉几下，丢上柴火煨着，不一会儿便蹿出了火苗。独眼龙去水槽里提了一只烤得半生不熟的羊出来。少年看见了丢在水槽里的羊皮和内脏，眼睛直了。少年认得被杀掉的正是他群里那只大羯羊。

我的羊，少年朝独眼龙扑过去。没等走近，胖子一把抓住他蓬乱的头发，兜头扇了几个嘴巴子。少年捂着脸原地转了几个圈。

少年终于明白，这帮人不是善茬，躺在地上狠狠地盯着他们看。

羊又被架在火上烤，泛着光的油珠子滴在炭火上滋啦滋啦地响，诱人的肉香弥漫开来，少年看看烤得冒油的肥肉，再望望水槽里的羊皮，心痛得要死，眼泪蛋子不争气地滚落到地上，抽抽搭搭地哭了起来。

"号丧啊你！"胖子狠狠地抽了一鞭子。

光溜溜的脊背上挨这么一下，痛到骨髓里，哎哟一声把哭声吸到肚里，眼泪蛋子也咽进肚里。

"哈哈，小娃子还挺听话。"胖子邪笑着又是一鞭子。少年身体战栗几下，蜷缩着身子，瞪着眼睛看他。

胖子眉眼倒立："咋地，还不服气，再看老子把你眼珠子抠出来。"骂着，又是一鞭子，脊梁上立马起了一道血痕。骨子里的硬气儿膨胀起来，少年把身子挺得直溜溜地瞪着他。胖子抡圆了鞭子再一次抽下来，瘦子突然说："行了，省点力气吧。"鞭子还是抽在胸膛上，少年的眼睛瞪得溜圆。

羊肉还没烤熟，几个人迫不及待地拔出刀子大快朵颐，烫得龇牙咧嘴，少年甚至听到了滚烫的油滴在他们嘴里滋滋的声音。先头吃下的一块锅盔像是丢在了井里头，肚子里从没有像现在这么空落，嘴里开始润滑起来，喉咙里的馋虫儿一个劲地朝外爬，不禁吞咽了一下。瘦子卸下几根羊肋巴伸向他。少年看着肉块，使劲地吞咽，很想伸手接过来美美地饱餐一顿，已经忘记上一次放开肚皮吃肉是啥时候的事情了。想到这是自己的羊，本来能换他两个月的口粮的，却叫这帮坏人给杀了，看着这些人凶巴巴的样子，少年压抑着自己的食欲。可怜的大羯羊，少年心疼得能拧成个麻花，倔强的头扭向一边。瘦子冷冷地看着他，把肉丢在跟前的沙地上。

　　胖子拾起沙子上的肉块硬往少年嘴里塞。少年鼓着腮帮子，委屈的泪水在眼眶里打转。

　　好像八辈子没吃过东西，四个人吃掉了半只羊。

　　瘦子把一条完整的羊腿装进自己马背上的皮囊里，吩咐胖子，给他一匹马，让他带路。

　　少年识牲口，看一眼就知道这些马都是少有的好马，身高腿细，肯定不是沙窝里的种，心里奇怪，他们像是算好了的，四个人五匹马，难道说多出来的一匹就是给他骑的，咋就这么巧？这伙人是干啥的？可以肯定的是，他们不是好人。

　　"还让老子伺候你，上马，带我们去跟前的人家。"胖子说。

　　少年脑子没有转过弯来，茫然望着他。

　　"耳朵聋啦？带我们去最近的人家。"胖子的鞭子在空中挽了个花儿，"啪"的一声响。

"这个井跟前没有人家。"少年说。

"不听话的生羔子！"鞭梢子在少年背上再添一道血印。少年躲闪着绕着马转圈儿："我说的真话，跟前就是没有人家。"胖子气急败坏地追着打，瘸子和独眼龙哈哈笑着看热闹。

少年闹得起劲，没提防骑在马上的瘦子居高临下一脚把他踢倒在地上，额头立时冒出血来。

"绑在马上。"瘦子说。

瘸子和独眼龙扑上来和胖子一起按倒他，少年使劲地挣扎。

瘦子突然空甩了一下马鞭，声音不大，但是大家都听到了，三个人马上噤声，利索地端起背后的马枪朝鞭指的方向搜寻。

蜡烛燃尽了，灯芯倒在一堆烛泪里一点一点被吞没，点燃了那一坨炕桌面。炕桌上有不少烧黑的痕迹，印证无数个不眠之夜。老嘎瓦喝掉茶碗里的酒，转身朝墙洞里又掏出一支蜡烛点着，支在烧融的烛泪上。

少年抖抖身上的沙子坐起来，被这紧张的气氛惊吓了，好奇地顺着他们的方向看。

远处的沙坡上，一群羊朝这边走过来，偶尔听到一声吆喝。显然，羊群后面有人跟着。羊群下了沙坡，一人一驴一点一点地从沙坡那边显露出来，看不清她的相貌，听她的吆喝声就知道是个女人。少年的心像给谁猛地攥住了，紧张到了极点。这个身影，这个声音，闭上眼睛也知道，来的就是他最想见到的乃花儿姐姐。胖子从马肚子底下站起来，少年觉察到了他们脸上的狞笑。突然，少年箭一般地朝前冲去，一边跑一边喊："姐姐快跑，乃花儿姐姐，快跑，跑——"

瘦子的枪口瞄向了少年。瘸子反应极快，敏捷地跃上马背，急速地朝骑驴人驰去。就在乃花儿惊觉危险想要折返的时候，瘸子骑马挡在毛驴前头。

乃花儿骑驴在前，瘦子和胖子跟着毛驴，少年被捆着双手牵在马后面，另外两个跟在最后。少年懊恼地叹气，咋就这么巧，乃花儿姐姐偏偏这时候来了，谁知道这伙人到了屋里干啥事情。

和少年家一样的黄土坯房子，一样的扎干柴羊圈。其实沙窝里的牧人家大都是这个样子。太阳开始朝地上下火，低矮的黄土坯房子底下看不见一点阴影。图布欣阿布看到来人的模样打扮就知道发生了什么事情，皱着眉头把他们朝屋里让。

少年反绑着双手被推进屋，丁猛①地从雪一样的太阳底下走进屋里，仿佛走进了幽暗的黑夜里，闭着眼睛摇摇头才适应了。瘸子和独眼龙翻箱倒柜，瘦子躺在炕上养神，胖子一把将少年推到炕沿旮旯里，饶有兴趣地看着同伴折腾。本来也没什么家当，瘸子找到了几块银圆，独眼龙则翻出来一身姑娘的新衣裳，笑嘻嘻地朝自己怀里揣。乃花儿本来和阿布站在门口看着他们折腾，看到独眼龙翻出

---

① 丁猛：方言，猛地。

了自己的新衣裳，一把抢过来抱在怀里。到手的东西又被人抢回去，独眼龙狼一般地扑过来抢。图布欣拉女儿放手，乃花儿舍不得撒手，死命地和独眼龙抢夺，撕来抢去，乃花儿身上的单衣裳撕破了，露出雪白的皮肉。土匪们的眼睛里立刻冒出淫邪的光来。瘸子在她身后一把撕裂了她的衣裳，乃花儿惊叫一声放开怀里的新衣裳想夺路出来，瘸子和独眼龙一人拉她一只胳膊。"放开我姐姐！"少年吼叫着扑过来，被胖子紧紧地勒住了脖子。图布欣拔出腰里的刀子朝瘸子攮去。"叭"的一声响，震得少年耳朵嗡嗡地响，眼前一道火光，他眼睁睁地看着图布欣阿布朝前栽倒在血泊里。"阿布！"少年和乃花儿大声叫喊。

少年号叫着，后来身体猛地战栗一下失去了意识，再醒来时，胳膊压麻了，两只手几乎不能活动，他想翻个身活动一下双臂，才一动弹，脖子就叫谁勒住了，应该是一根缰绳。不用想都知道，是那个胖子，睡觉也看着他。他还是挣扎着调了个方向。"再不老实我宰了你。"胖子拽着缰绳威胁。

天上有月亮，弯弯地挂在天上，像什么呢，像乃花儿弯弯的眉毛。"姐姐。"少年的喉头哽咽了。弯弯的月牙儿模糊了，像在井底的水面上晃荡，乃花儿就骑在月牙儿上朝他招手。"姐姐。"少年在心底里呼唤。图布欣阿布死了，不知道乃花儿怎么样了，他们离开的时候她就那么躺着，一动不动死了一般地躺着。忽然听到一阵响动，什么东西从头顶飞过去了。过了一会儿，一声刺耳的叫声在跟前响起。少年扭着脖子努力在黑夜里搜寻着。终于看到了，一只夜猫子蹲在不远处的扎干梢上。"呕——呕——"夜猫子一声接一声地凄厉地号叫着，声音里透着一股邪气。乃花儿姐姐死了吗？少年的眼泪滚落在沙地上。

土匪打得狠，少年袒露的胸背上印上了无数鞭痕。不得已，被逼着去了沙窝深处的几户牧民家，不管是破败的土坯房还是简陋的蒙古包，无一例外地被扫荡一空。稍稍让少年安心的是，他们抢劫了牧民家里的现洋和衣裳食物，再没有杀人。走了两天，已经走出了少年熟悉的范围，他再也说不明白哪里还有人家。鞭子打得紧了，只好胡乱指个方向，走了半天都没有见到一个人影。一伙人又累又饿，望着一望无际的沙漠，眼睛干得听得见上下眼皮磕巴的声音。"骗你大爷兜圈子，想热死老子。"胖子又举起了鞭子，少年本能地缩紧了身体，却不似先前那么疼痛。胖子也乏了，他的皮鞭没力道了。

"小娃子是领我们兜圈子。"瘸子说。

"老子毙了他。"胖子拉开枪栓。

瘦子打量一番少年，望着远处说："没出过远门的小娃子，认不得路了。"

"带着是个累赘，毙了算了。"胖子说。

"先领着，当紧忙的时候用得着。"瘦子朝四下里眺望一阵，指了个方向，朝那边走。

整整一天，没有见到一户人家，甚至没有找到一口井。

人困马乏，土匪们睡得死，少年挣脱了绳索在夜色中狂奔。

像一峰饱受风沙磨砺、倔强坚韧的骆驼，少年把自己的足迹牢牢地记在了脑子里。沙漠里的汉子会迷路，笑话。骑马走了三天，其实就是在沙漠里兜圈子。挨了三天打，又这么又累又饿地走了一天一夜的路，少年脚步蹒跚，累得快要虚脱了，仍然顽强地坚持着。心里只有一个念想，赶紧回到乃花儿身边，那是他唯一的精神支柱，是他所有的快乐和幸福的畅想。傍晚，少年瞭见了乃花儿的家。好似久别故乡的游子望见了熟悉的村庄听到了母亲的脚步声，脚板下突然长了不少力气，少年奔跑着扑过去。散落的羊群都扭头望着他，此起彼伏地叫唤着招呼主人。黄土屋里还是土匪打劫后的模样，乱得不像样，地上的血迹已经干透了，渗进土里。屋里没人。图布欣阿布的尸体不见了，也没看见乃花儿的身影。少年焦急地四下里瞭望，房前屋后一遍遍地寻找。

"姐姐——"

"乃花儿——"

"姐姐，你在哪里——"

少年嘶哑的呼唤回荡在沙湾里。

太阳将要落山的时候，少年走进屋后的扎干林。霞光映照树林反射着灿烂的光芒，仿佛来到了一个圣洁的地方，一座神圣的殿堂。少年听到了自己心跳的声音。他屏声静气，一步一步走进了金色的扎干林。忽然，他的眼睛亮了，他看到了乃花儿，穿着她那一身崭新的衣裳，站在树林里低头专注地想着什么。"姐姐。"少年喉头抖动一下，情不自禁地叫唤一声。乃花儿没有动。"姐姐，姐姐——"少年呼唤着朝她跑过去。被什么东西绊住了脚，他突然摔倒跪在地上，他清清楚楚地看见乃花儿双脚离地，脖子上绷紧的是一条洁白的哈达，挂在一棵粗壮的歪脖子扎干上。

"姐姐——"

少年撕心裂肺地呼唤。

太阳跌落进沙漠的海洋里，满天的红霞逐渐散去，扎干林里圣洁的光辉被黑夜消融得无影无踪。

少年点燃了扎干柴垛，乃花儿安静地躺在上面。燃烧的火焰跳跃着，舞动着，他仿佛看见一只美丽的百灵鸟儿翩然起舞，又似一簇金黄的冬青花儿绚烂地开放。突然想起了最后的那个时刻，乃花儿对他说了一句话，起初并没听清她说了什么，现在猛地想起了。

"啊——啊——"

少年一声声悲愤凄厉地长号。

烛光摇曳，我取过红柳签拨掉了烛茧，屋里亮堂了。我看到老嘎瓦的身体在剧烈地颤抖，额上、脸上尽是汗水，眼睛盯着地上黑暗的角落，神情极为狰狞，似乎那里藏着一个他极为痛恨的东西。我顺着他的目光看，虽然黑暗，地上分明什么都没有。我给他倒酒，喝口酒，慢慢说。

少年转身朝北方走去。

沙漠深处，土匪们几乎绝望的时候，独眼龙最先看见少年朝他们走过来。土匪们狐疑地盯着他。胖子拉开枪栓："这小子骗了我们，老子毙了他。"

"等等，小娃子挺能耐。"

瘦子凌厉的眼神刀子一样地盯着少年的眼睛："走都走了，咋又回来了？"

少年望着他们，身体战栗着，没有言语。

瘦子抬手两枪，打在少年脚边的地上，差点打着他的脚趾头。

"说，咋又回来了？"

少年张了张嘴，没有说出一个字。

"说，又有啥鬼点子了？"

四个土匪把少年围在中间，恐惧的气氛把他压垮了。少年瘫在地上，"哇"地一声哭了："我找不到家了。"

胖子的鞭子垂在地上，像一条僵死的蛇，少年吃够了这条鞭子的苦头，他知道只要胖子愿意，它马上就会变成一条神出鬼没嗜血的毒蛇。

"是回不了家了吧，"瘦子说，"我早就知道你跑不掉，起来，跟我们走，我不相信你找不到人家。还得走多远？"

"往东走半天就能见着人家。"少年说。

"东边？再往东是黄河。西边呢？"瘦子说。

"西边远一些，得大半天才有人家。"少年的眼泪干了。

"朝西走。"瘦子说。

摇摇晃晃地走了大半天，果然遇到一户人家，吃了顿饱饭，也把他们的家当翻了个底朝天。少年觉察到了，这家曾经与面的牧人狠狠地瞪着他，他们和其他被抢的牧民们一样，都把这笔账记在了他头上。

一直向西走，少年再也说不清楚到了什么地方，路遇的牧民人家不管是土房子还是蒙古包，都被打劫一空。少年记不清自己身上背了多少孽债，牧人们仇恨的眼光告诉他，再也别想踏回这片土地。让他稍稍放心的是，土匪似乎已经认可了他是他们中间的一分子，再没有挨鞭子，晚上睡觉也没有绑着他的手脚。

绕过一道沙梁，眼前忽然亮堂起来，大片盛开的冬青花给沙漠披上一件色彩斑斓的外衣。少年睁大了眼睛，怎么都看不够，这是在沙漠吗？怎么有这么多的冬青花。冬青滩上找到一户牧民家，瘦子打发少年去饮马，瘸子跟着去了。还是一柱朝天的卧杆井，少年不急不缓地打水，瘸子吆喝着把上井的羊群赶开。少年忽然有了主意，说："你帮我提一下水，我尿个尿。"瘸子骂一句懒驴上磨屎尿多，接过绳子提水。少年就在跟前旁若无人地尿了一泡尿。回头见瘸子把卧杆压下去了，半个身子倾向井圈。少年突然在瘸子背上使劲一按，瘸子来不及叫一声就栽进井里。少年朝井底望去，瘸子两腿在水面踢腾几下没了动静。朝井里唾一口，骂一句活该，故作慌张地跑去报信。

瘦子一把抓住少年的头发，咬牙切齿地说："你给我说清楚，他是怎么掉下去的。"少年吓得脸色惨白，结结巴巴地说："我就尿了个尿，还没尿完就听见扑通一声，他就掉下去了。"瘦子朝井里看了半天，井是扎干镶井，上下几乎一样宽窄，刚能容下一个人的身体，瘸子尸体漂在井里。再看跟前一摊尿迹，似乎就是这么回事，"噼啪"扇了少年几个耳光发泄。胖子和独眼龙没处撒气，把饮水的羊群当活靶子，举枪乱打一气，吓得牧人一家趴在地上不敢动弹。胖子逼着牧人把打死的和还没断气的羊提来丢到水井里，把井填埋了。

一路无话，一行人像没头的苍蝇在沙漠里乱窜。少年发觉不管他们怎么在沙窝里兜圈子，大体方向一直是朝着西边的。他不明白他们去西边干什么，莫非土匪的窝就在西边？

天快黑的时候，走在前头的瘦子突然停下招了招手，胖子和独眼龙立刻抓起枪紧张地张望。

蹑手蹑脚地爬上前头的一个沙梁，远远地看见前面有一队人马朝着西边疾驰，好像是一支部队，全背着长枪挎着马刀，不少人穿着黄衣裳。

"郝司令的人。"胖子说。

"郝司令背叛了楚王，他们来这里干什么？"独眼龙说。

"姓郝的够狠，他投靠了肖王，这是要把我们赶尽杀绝。"胖子说。

"肖王的速度真快，是在逼楚王回头。"瘦子说，"我们得快些走，朝北走，楚王说在西北边境汇合一起出境，姓郝的肯定已经知道了，我们朝北走，抄近路，先出去再想办法和楚王联系。走，连夜走，再不能耽误了。"

次日早晨，在一条驼道上又遇到一队人马，走了一夜的土匪慌了神，胖子急忙掉头要跑，叫瘦子喊住了："你慌什么！"策马藏身在跟前密实的毛条丛里。人马走近了，原来是个商队。少年认得那是祥泰隆的字号，这个商队里有他熟悉的掌柜和小伙计，在扎干呼都格帮他们照看过牲口，掌柜还说过少年有眼色干活麻利，问过他愿不愿意当伙计。那时候阿布还在，说嘎瓦得跟着羊群，得给我养老哪。突然瞭见了商队，少年心里咯噔一下，坏了，商队要遭殃了，这比抢多少户人家都实在，他看到了土匪眼睛里的贪婪。少年很想给迎面来的商队传个信息，他们人多，早做提防土匪或许不能得逞。还没想出个一二三来，瘦子的青花马箭一般地冲了出去，胖子和独眼龙紧跟着冲出去。少年愣神的工夫，胯下的马也跟着去了，本来就是久经沙场的战马，这个时候冲锋是它的本能。

枪声响了。商队人虽然多，却很少遇到过这样的场面，枪声一响，队伍就乱了，胆小的吓得哭叫起来。领头的掌柜吆喝着好不容易控住阵脚，骆驼骡马围成一圈。掌柜满脸笑容地过来搭话。瘦子二话不说，指头儿一勾，清脆的一声响，掌柜胸前开花扑倒在地上。少年看得真切，掌柜眼睛睁得老大，到死都不相信这是真的。图布欣阿布那天也是这个神情，栽倒再也没有起来。人死就这么眨眼的事，少年的心再一次揪紧了。商队乱了，胖子朝天放了两枪，立刻安静下来。

"想活命的都给我下来。"瘦子用枪指着吓傻了的人们威胁。

瘦子示意少年和独眼龙下去搜身，看他们有没有武器。

商队的驼工和伙计们惊恐地望着少年，不明白这个放羊的少年怎么和土匪混在一起。少年听到某些人重重的鼻音，他知道，这是一个警告，意思是他们认得他，记住他了。少年明白，这笔账又记在他头上了。少年在一个驼工身上摸到了一把蒙古刀，趁着有牲口挡着，不动声色地把刀子揣在怀里。

"牲口和东西留下，都给我滚。"胖子骑马横冲直撞，把人和牲口分开。

"给几个牲口驮水吧，大热天的走不出去啊。"一个牵驼人说。

"少啰唆，再不走一个也走不了，想死的留下。"胖子吆喝。

少年目送一行人消失在沙湾里。

土匪们欣喜若狂，疯了似的翻看着中意的东西，这些货物和洋钱足可以让他们快快活活地享用几年，那些牲口都是好脚力，只需找一处好地方就可以稳稳地扎下营盘。

赶走了驼工和伙计，拾掇的营生就落在了少年头上，收拾驮架，重新打包翻乱的货物，忙得汗流浃背。土匪们守着一鳖子烧酒不挪窝，喝得面红耳赤脚板漂浮。少年翻出一双鞋穿在脚上，又找出一身崭新的单衣换下自己的棉袍，立刻感觉浑身说不出的舒坦。旧棉袍舍不得丢掉，裹在货物里一起驮上架。

胖子醉醺醺地打量着少年，小娃子打扮出来还挺精神，不赖。

独眼龙飘过来牵住他的衣襟："谁叫你穿老子的衣裳，脱下来。"

少年一怔，抓着他的胳膊使劲往后一推，独眼龙趔趄着倒退几步，差点摔倒。独眼龙恼羞成怒："哟呵，小子吃饱了长劲了，老子崩了你。"捞过身后的马枪，咔嚓拉上枪栓。

瘦子吆喝："行了，还磨蹭个啥，还不快走。不定这些家伙遇着昨天那伙人折回来！"

胖子嘻嘻笑着缠过来："现在我们是弟兄，好好干，你放心，有你的好处。"

少年一声不吭，去把牲口一个个地连起来。

有了这么多的牲口货物反倒成了累赘，驼队赶路不比单匹骡马，黑天白日地走也就百十来里路。瘦子的一番话拨动了土匪最为脆弱的那根神经，胖子和独眼龙都说丢掉骆驼和货物轻装赶路。瘦子思谋半天，估计再有两天就能出去，带上吧，不单是一笔财富，着急了还可以利用商人身份打掩护。

一行人马匆匆朝着北方奔走。

队伍太长，瘦子和胖子在前头带路，少年和独眼龙殿后。

机会来了。

独眼龙喝多了酒，在马上昏昏欲睡。少年悄无声息地走到他跟前，眼瞅着驼队前头拐弯的时候突然出手，抽出刀子在独眼龙脖子底下猛地一拉，独眼龙一声不吭地跌下马背。少年利索地取下他的枪和马刀背在身上，离开了驼队。

大漠的夜漆黑寂静，月牙儿出来得晚了，细细地斜斜地挂在西天，星星夺走了月亮的光辉，灿烂闪烁，像是点燃了无数的篝火。马儿静卧在毛条丛下不停地反刍，眼睛里映着夜空的灿烂，像两盏摇曳的灯，又仿佛镶嵌了两颗坠落沙漠的星星。少年嘴里嚼着草棵，望着天空出神。一颗流星斜斜地飞过，划亮半边天际。扫把星，该着有人倒霉了。唾掉草棵一骨碌坐起来，像个黑色的精灵，消融在茫茫夜色里。

少年像一只潜行的独狼，一步一步在黑夜里奔走，走一段便停下脚步，仔细地聆听一阵，然后调整一下方向继续走。少顷，少年再一次停了下来，他敏锐地捕捉到了一种声音。趴在地上仔细地听。没错，是牲口的反刍声，牲口把白天没能消化的草棵吐出来咀嚼，这是牧家少年睡梦里最为熟悉的声音。听声音牲口还不少，应该是土匪劫走的那个商队。或者，是头天看见的那个叫什么郝司令的队伍。西天的月牙儿越来越细，朦胧得几乎看不见了。少年爬上一个沙坡，朝着声音的方向仔细地看。前面的那个沙湾里，隐隐地有一片黑色的影子，虽然看不清牲口的形状，听它们的鼻音和反刍声，少年知道那是一个骡马和骆驼混合的群体，少年的眼睛亮了。

蹑手蹑脚地朝牲口群走过去，马枪紧紧地贴着少年的脊梁。近了，更近了，少年觉察到牲口们突然停止了反刍，脑袋偏向他这边。少年的心狂跳不止，握紧了怀里的刀把子。他偻下身子，在牲口群里慢慢地寻找，转遍了所有的牲口，没有人。人呢？少年纳闷了，难道他们丢掉牲口和货物走啦？不对，他们的马还在，瘦子的青花马可不是一般的马，绝对不是沙漠里的种。莫非，他们发现了他，现在正……少年吓出一身冷汗，赶紧牵住一匹马缰绳，只要听到响动马上跑路。突然，他听到有人说话："小娃子会杀人，早就该毙了他。"少年紧张到极点，本能地两手掰着马背跳上去就跑，他听出来了，是那个胖子的声音。紧接着，他听到有人嚷嚷："是谁？谁在偷马。"还是胖子的声音。突然，"叭"的一声枪响，子弹贴着头皮飞过去，少年吓得伏在马背上缩紧了脖子，使劲地催马快跑。枪声来自另一个方向，显然不是胖子打的。少年懊恼地骂自己，该死，明明是胖子说梦话，咋就当真了。土匪也真是狡猾，黑夜不和牲口货物在一起，东一个西一个远远地分开了睡。

天亮了，少年远远地望着两个土匪收拾好驼队一前一后朝北边走去。瘦子前天说过，朝北走两天就能出边界了，也就是说他们就这一天的脚程了。少年骑马远远地跟着，事情必须在今天解决。这片区域很陌生，在沙漠里长了十几年，从来没出过这么远的门，前头是什么情况，他不知道。但从土匪的谈话中听得出来，他们要过边境，那边是蒙古国。阿布早年当过肖王爷的卡兵，好像就在边境的哪个卡子上。阿布说过，王爷的人谁也不能过境，过去了就是叛徒，那边的人也不能过来，谁知道他是不是奸细。这两个土匪不是本地人，他们今天要过边境，他们是什么人，叛徒还是奸细？少年想不明白。但有一点是可以肯定的，他们不是好人，祸害人的人肯定不是好人。

两个土匪心有余悸，知道有人在跟着他们了，枪不离手，惊慌地左顾右盼，可又舍不得丢掉大宗的财物，疯狂地催着牲口赶路。少年不紧不慢地跟在后头，知道他们发现了自己，索性也就不躲闪了，射程外远远地跟着。胖子不管远近地朝他放了两枪。少年知道土匪已经慌到了极点，如果他们两个来个包抄，他无论如何也躲不掉的，显然土匪不想和他多费周折，他们的目的是尽快出境。

走上最后一道沙梁，前头沙漠走到头了，远处是一望无际的戈壁滩。莫非那边就是边境。不能再等了，少年策马朝一侧的沙湾里跑去。

瘦子朝后望了望，没有看到人，长出了口气，朝胖子吆喝："快点走，就到了。"

胖子答应着驱赶牲口，不经意地回头看见东边的沙疙瘩上趴着个人，黑洞洞的枪口对着他。胖子吓傻了，不等他反应过来，"叭"的一声响，身体被什么东西重重地撞击了一下，大瞪着眼睛朝后仰过去，生命最后一瞬间，他看见了少年英俊的脸庞。

枪对于有些牧家的孩子并不陌生，许多牧民家里就有枪，牧民平时在家放牧，到时节就是王府的兵丁，换防轮值，枪往往就是孩子从小的玩物，所以少年有一手好枪法。

望着胖子从马上摔下去，少年冷笑了一下，叫你跑，冷峻得和那张年轻稚嫩的脸蛋极不相符。还没收起枪，"叭叭"两声，子弹打在身下的沙疙瘩上。少年看见瘦子单手持枪，朝他这边望着，催牲口朝戈壁上走。同时少年也听到阵阵马蹄声从南边传来，听声音也就三四里地的路程。那些解放军来了，土匪想逃。少年跃起，翻身上马，朝青花马追去。

驼队已经习惯于排起长长的队伍不紧不慢地走，每一个牲口都知道自己的位置，谁也不肯越位，但凭瘦子兜着圈子驱赶，驼队的队形却不乱，速度也没快多少，依然我行我素稳稳地迈着步伐。瘦子显然也觉察到有大批人马追来了，看到少年纵马朝自己冲了过来，再也顾不上驼队，催动胯下的青花马朝戈壁滩上奔去。青花马是一匹好马，像一股诡异的旋风，从沙漠卷上戈壁滩，卷起戈壁滩上的石子，疾速地往前飘移。

少年第一次走出沙漠，戈壁滩上寸草不生极度的荒凉，褐色的荒滩一望无际，布满无数大大小小黑色的石子，仿佛另一个世界。正午的太阳像一个巨大的火球沉沉地压下来，少年感觉到了它的热量，烫得脊背火辣辣地疼，似乎要把滩上的一切都烧成灰烬。在少年眼里，这就是世界的尽头。不过，少年还是有些兴奋的，被自己追逐的是一个穷凶极恶的强盗，他感觉到了对方内心的恐惧。这就好像是一出猫捉老鼠的游戏，又感觉自己就是阿布故事里威风凛凛的大将军，是正义和勇敢的化身。骏马在戈壁滩上奔跑的速度比在沙漠里快了许多，远处近处的风水①在快速地飘荡，仿佛在无垠的水面上奔驰。

少年终于挡在了瘦子前面，勒住马嚼子互相对视。南边的马蹄声像滚滚的雷声霹雳而来，似乎能感觉到大地在剧烈地颤抖，少年看见那边扬起了沙尘。瘦子眼冒凶光，抽出长长的马刀："小子，你找死。"少年举起马刀，"杀——"怒吼着向着对方冲去。只一个回合，少年听到"当"的一声，手里的马刀脱手飞得无影无踪，然后，少年感觉到了自己脸上身上火辣辣地疼。巨大的惯性使得两匹战马收不住脚步，互相跑出十几步才兜个圈子面对，少年好不容易平衡了身体。少年看到瘦子举着马刀狞笑着朝他冲了过来，他朝底下看了看，自己的马刀甩出很远，插在地上，来不及做出任何反应。少年眼睛睁得老大，张嘴大声呼喊一声："姐姐——"

---

① 风水：方言，地平线上空气流动飘忽的景象。

奇迹就在一瞬间发生，似乎是少年的呼喊震撼了土匪，他看见瘦子突然勒住马嚼子急急地转身，慌慌张张地朝北边疾驰。少年想抖缰绳追上去，却发现自己的身体似乎僵硬了，双手不听使唤，两条腿好像紧紧地绑在马肚子上，提不起劲。低头看见自己全身被血染红了，刚才那一下受了重伤。他吃力地摸着了身后的马枪，缓缓地抬起，准星里青花马像是在水面上飘荡，一会儿变成一道细长的青烟，一会儿又变成一片拉散了的黑云。少年果断地扣动了扳机，从准星里看见了，瘦子从马背上栽了下来。少年哭了，喃喃地念叨："姐姐，我杀了他们了，我给你和阿布报仇了。"少年清晰地记起了乃花儿最后和他说的话："杀死他们。"

"杀死他们。"这是人们对于仇恨最直白的表达。

身后雷鸣般的马蹄声咆哮而来，把他围在中间，少年看到许多穿戴整齐的人关切地望着他，他想对他们笑，突然感觉天地好像掉了个个，他从马背上摔了下来。

天亮了，屋里照进黎明的第一缕曙光。老嘎瓦的烟盒早空了，我点着一支递给他。

"你是个英雄。"我说。

"他们说我是土匪。"老嘎瓦说。

"咋不说明白呢？"

"当兵的走了，没有人证明，都说我领着土匪抢了人家。"

"就为这个坐了两次牢？"

老嘎瓦再不应声，默默地抽完了手里的烟，把烟头在炕沿上揉灭，下炕拉开门出去。

太阳还没有出来，天已经大亮了。

我跟着老嘎瓦朝屋后走去。

屋后是一片茂密的扎干林，如此高大茂盛的扎干林我只在小时候看到过。现在我又一次置身于童年奇幻般的森林中了，只是我无法触摸童年的快乐，沉重的心头像压了一块巨石。

老嘎瓦带我到一个扎干垛跟前。走近了才看清楚，竟然是一棵粗壮高大的扎干，枝干从中间倾斜歪向一边，有人傍着这棵扎干堆起一个扎干垛，构成一个整体，扎干垛上缠绕着无数经幡和哈达，扎干垛下面中空，里头放置了一些烟酒糖茶。

老嘎瓦绕着扎干垛走了三圈，然后在扎干上系了一条崭新的哈达，抬头仰望扎干树梢。

我明白了，我什么都明白了。

经历了许多事，我以为自己是一个淡定的人，现在一种感情紧紧地攥住了我的心，早已干涸的泪腺突然泉涌，止也止不住。

太阳出来了，茂密的扎干林沐浴在金色的霞光里，显得那么圣洁，仿佛一座神圣的殿堂。

原载《骏马》2015 年第 4 期

班驼

　　起风了，仿佛无数细碎的雨丝浸润了身上的棉衣。太阳渐渐西移，吝啬地收回了它的温度。我和伙伴们挤在粮站大院西面的墙根下，让彼此的身体保持温暖。我们的目光，都望向西边无垠的沙漠。

　　学校宣布放假的那一刻，学生们兴奋地冲出教室，风一般旋到粮站，甚至忘记了午饭。尽管已经放假，住校的学生还是管饭的，直到从各个方向赶来的家人接走他们。家长们也早就算好了日子，大多都能在学生放假这天赶到镇上，彼此等候的地点就在粮站的大院内外。身在沙漠深处的牧人们极少出门，来了必然采购大量生活用品，粮油糖茶之类。

　　我们在冬日的寒风里瑟瑟发抖，鼻涕不受控制地流了下来，几乎糊住了嘴巴，抬起衣袖擦一下，沾满沙尘的脸蛋立刻就花了，湿了的衣袖渐渐冻结成硬板，在冷冽的阳光下反射了一点光芒。已经是第三天来到这里眺望了，明知道所期盼的不会那么早到，前两天每次考完试后还是不约而同地早早地出来等待。万一呢，万一阿穆尔提前来了呢。但是，这种侥幸的希望是不存在的，代价总是寒冷的失望，直到太阳西下，天地沉寂。

一个个驼队出现在我们的视野里，一群群学生如展翅的鸟儿欢快地飞向驼队。就是这么神奇，身居沙漠的孩子们从小练就了这项特殊的本领，远远就可认出自家甚至邻居家的骆驼。

原本沉寂的粮站忽然成了欢乐的海洋。数不清的骆驼或立或卧，安静地反刍，明亮的眼睛没有慌乱，更没有惊喜，它们已经习惯了人多人少的环境，它们已经习惯了背上或轻或重的人或物的负压，它们身上的野性早已释放殆尽，任谁都可以驾驭抚摸。它们中间是无数穿梭的身影，大人们搬运货物搭在骆驼背上，孩子们手里拿着各种各样精美的食品嬉戏炫耀，有的是嘎嘣酥脆的水果糖，有的是一盒油汪汪的桃酥，有的是一块咬成半个月牙儿的月饼，有的是几个挂着白霜的软糯柿饼。他们成功地吸引了我们的目光，我甚至听见额尔登吞咽唾沫的声音和巴德玛肚子的响声。

最小的诺敏首先哭出了声。

"阿哈，我饿。"

于是，就有了许多的声音。

"阿穆尔咋还不来，该不是把我们忘记了。"

"我的脚都冻麻了。"

"你看你看，孟和他爸给他买了桃酥，故意馋我们呢。"

……

我扭头看看身边的伙伴。大大小小一共七个，诺敏泪汪汪地拉着我的胳膊，其他人也都望着我，仿佛我就是他们的救星。

撤销大队民办小学并入镇上完小的那一年我八岁，小学二年级，一起上学的孩子们因为路途遥远被迫辍学了。父亲很纠结，问我想不想继续念书。我的态度坚定，刚刚认识到知识的浩渺，我也向往沙漠外面的世界。在我独自离家上学的第二年，父亲被选上了大队队长，首先想到保证大队适龄孩子们上学。父亲从集体驼群里选了十峰调顺好的大骟驼，专门负责去镇上接送学生放假开学，驮运大队的生活物资。计划经济时代，牧区所有的生活物资都需要从镇上的粮站、供销社调运。父亲说动了几个家庭，让孩子继续上学，我的漫长学路从此不再寂寞。父亲称这支驼队为班驼。沙漠外头有班车，伊克淖尔大队有班驼，每月走一趟，来回七天。起初父亲亲自担任班驼的班头，在这条线上来回走了七八趟，后来就把这份工作交给老实憨厚的阿穆尔了。具体原因我不太清楚，听大人们背后议论，似乎是父亲与路上的寡妇巴依勒有啥瓜葛，惹得母亲不高兴。我是大队第一个走出沙漠念书的人，在我之后的几年，大队陆续又有七个孩子外出上学，大的和我同岁，最小的诺敏只有八岁，这时候都围在我身边，我是他们的主心骨。

我给诺敏擦掉眼泪，安慰大家再等等。大队离镇上太远，得走三天路程，阿穆尔每回都是天快黑了才能到。

额尔登挂着长长的鼻涕双手捅在袖筒里伛偻着身子不住地跺脚。"这个阿穆尔，肯定昨天在巴依勒家里喝酒呢，把我们忘掉了。"

几个年龄大些的孩子立刻笑了。

日暮西山，黑暗带走最后一抹光明的时候，我们的视野里突然出现一瞬的光华，转瞬即逝的亮色里一支驼队的轮廓显现出来。

我们忘记了黑夜，忘记了恐惧，呼叫着奔跑过去。

阿穆尔和蔼的笑容驱散了严冬的寒冷，疼怜地一一拥抱，把我们放在驼背上，牵着骆驼向学校走去。

食堂留的面条已经糊得筷子挑不起来了，仍还是热的，谁也没有嫌弃，吃了个盆底朝天。

吃饱了肚子，问题就来了。

"我妈让你买啥东西了？"

"你知道我们家下了几个驼羔子？"

"东涝坝上的沙枣还有吗？"

"你们呀……"

阿穆尔微笑着，把我们一一按在炕上，给我们脱去鞋袜，将一双双冰凉的脚丫捂在热乎乎的被窝里。

半夜醒来，炉火旺盛，炉台上一圈鞋子，在光的间隙里蒸腾出一丝丝的热气。阿穆尔坐在炉前，专心地烘烤我们的鞋袜。

炉筒里热辣辣的声响仿佛催眠的歌谣，眼皮沉沉地垂下。

天刚放亮，一个个早早起来，没有人偷懒，自觉地带好自己所有的东西。

阿穆尔从我们面前走过，从头看到尾，像操练队形的体育老师，不过一点也不严厉，他的脸上带着笑。

只是轻轻点点头，我们立刻向拴在西墙边的驼群奔去，熟稔地解开缰绳，一人一峰，不多不少，牵着骆驼浩浩荡荡地向粮站走去。

"这是哪个大队的娃们，看把他们神气的！"

"伊克淖尔的班驼。"

"啧啧，不容易呢，那么远的地方还来上学，幸亏有班驼。"

"就是，三百里路，骑骆驼也得三天，太不方便了。"

街上人们的议论总是那么不小心地传到耳朵里，不觉飘飘然了，仿佛做了什么光彩的事。

九人九驼，一个大人八个小孩，每人牵着一峰骆驼，雄赳赳气昂昂地从小镇唯一的街道上走过，绝对是小镇一道亮丽的风景。

先去粮站领粮。粮站的规矩，凡是拿着各个大队介绍信来的驼队不用排队，直接放粮。

然后去供销社，同样掏出个纸条让他们照单备货，全部赊销。阿穆尔大方地抓一把水果糖，给我们每人分两颗。每个人脸上都笑开了花，吃在嘴里，甜在心里。

供销社的商品琳琅满目，所有的东西都是新奇的，我们从一个个柜台前走过。阿穆尔的眼界不见得就比我们高多少，脸上带着笑，眼睛里同样是藏不住的新奇。突然他停了下来，盯着衣帽架子上一条红色的长围巾，似乎被那鲜艳的颜色惊到了，半张着嘴，眼睛焕发出奇异的色彩。

阿穆尔把兜里所有的角票和钢镚儿都掏出来。女售货员耐心地数了两遍。

"还差三分钱。"

阿穆尔再一次把身上摸了个遍，一个子儿也掏不出来，尴尬地望着女售货员。

我和伙伴们面面相觑，知道阿穆尔钱不够，可是有什么办法呢，尽管开学时大人在我们的贴身衣裳里缝了几块钱，但贪吃贪玩的我们临到放假绝不会让身上留有一分钱。

"还差三分钱。"

女售货员的声音很好听。

阿穆尔的脸色黯淡了，尴尬地挠挠头，强装笑脸也掩饰不住内心的失落。

"下回吧。"

"姐姐，我有一颗糖。"

小诺敏怯怯地朝女售货员伸出小手，手心里是一颗没舍得吃的水果糖。

我也伸手，同样还剩一颗糖。

还有人也伸出手，手心里同样有一颗捂得热乎乎的水果糖。

额尔登懊恼地推推脑袋上的棉帽："我把糖都吃掉了。"

女售货员先是愣了一下，然后笑了，弯腰捏捏诺敏的小脸蛋。

"算了，三分钱我给你贴上吧。"

女售货员从柜台里取出另一条包装好的红围巾递给阿穆尔。阿穆尔红着脸鞠个躬，解开皮大氅小心翼翼地把红围巾放在怀里贴心处。

所有的骆驼都驮了货物，我们爬上驼背开始远行。

"回家喽——"

"回家喽——"

"噢——噢——"

回家，回到母亲温暖的怀抱里，回到畜群亲切的环境里。没有比这更为激动的时刻，我们在驼背上放声欢呼。

对家的眷念是人与生俱来的本能，牧区出生的我们向往沙漠外边热闹的世界，却也更为留恋畜群上家的温暖。有牲畜陪伴，日子过得并不孤独，接羔收绒抓秋膘，炒米奶茶手把肉，扎进羔子群里戏耍，听着母亲的长调入睡，这是我们回家的向往。

"噢——噢——"

调皮的额尔登兴奋地鞭打骆驼朝前冲过来，和我并排。还没说几句话，驼铃叮当的响声近了，阿穆尔赶上来把他拦了回去。驼队有驼队的规矩，谁也不能犯规。骆驼是群居动物，平时聚在一起，看起来一团和气，一旦开始跋涉，便有了严格的等级规矩，雁阵一样排成一溜，头驼在前领路前行。在人的眼里，这是沙漠里一道美丽的风景，对骆驼而言，则是充分的信任，不至于意见不同而分散群体，这种"一"字形的队伍也最为省力，避免拥挤。自然的进化总是有一定的道理，于人也一样，一个团体最终只能发出一个声音，指引事成的方向。

在这个班驼里，我的骆驼是头驼，因为我是一群孩子里年龄最大的一个，也是来往这条驼道次数最多的一个，回家的路已经深深地刻在我的脑子里，甚至闭着眼睛也能辨别方向。骆驼就更不必说了，从来不会迷失方向。我的骆驼是父亲亲自调养的，据说和我同岁，父亲给它起了个很好听的名字，阿斯木。阿穆尔是班头，负责照顾整支驼队，保证不能让任何人掉队，所以他总是走在最后，不时驱赶骆驼上前检查每一峰骆驼的货物，提醒驼背上的人不要睡着摔下来，仿佛一位尽责的父亲，警惕地看护着一群孩子。

所有的骆驼上都驮了货物，米面、香油、布匹、糖茶、月饼等等，还有两鳖子白酒。大队过年的东西都在驼背上了。如此，驼背便宽了许多，年幼的我们不能够岔开腿骑乘，而是端坐在驼背上，甚至能稳稳当当地蜷着睡一觉，不用担心摔下骆驼。当然，摔下来的时候也有，那是意外。很少听说有人从两米多高的骆驼上摔下来受伤的。反而有人从一米高的毛驴上跌下来就断了腿。父亲说，骆驼心善，不伤人，毛驴心瞎，防着人。

咚——哒，咚——哒……

叮——呤，叮——呤……

我和阿穆尔的骆驼架杆上分别挂着一个驼铃，一大一小，随着骆驼脚步的颠簸，清脆的驼铃声回荡在空旷的沙漠里。

咚——哒，咚——哒……

叮——呤，叮——呤……

听着咚哒声，阿穆尔知道头驼没有丢下驼队自顾走路，听到叮呤声，我知道身后的骆驼没有掉队。这是一支和谐的队伍，从早晨走到中午一直没有歇脚，在蜿蜒的沙漠里起起伏伏。

天气晴朗，温暖的阳光驱散了严冬的寒冷，仿佛春天提前到来。

"阿哈，我想尿尿。"

紧跟着我的诺敏大声地喊。

我轻轻勒一下缰绳吆喝一声，阿斯木听话地停下了步伐。身后的骆驼见头驼驻足，也都规规矩矩地停了下来。

阿穆尔首先从驼背上下来，吆喝着压低缰绳让骆驼顺从地卧下，让我们下来驼背就地方便，随即再把我们抱上驼背，每人手里塞一块锅盔，吆喝骆驼起来继续赶路。

"就在路上吃吧，等到了达赖家就有热饭吃了。"

阿穆尔的脸上总是带着一丝笑容，眼睛清澈如海子般湛蓝。

沙梁渐渐高了起来，骆驼上坡极为吃力，仍然稳稳地驮着我们前进。压根不用我操心，阿斯木知晓怎样绕过沙梁，知晓哪里会有流沙。骆驼对沙漠的感知要比人聪明得多，它们才是沙漠真正的主人。

骆驼身上出汗了，柔软的绒毛凝成无数绺子，失去了原本的光泽。午后阳光的照射下，骆驼身上蒸起了水雾，雾气袅袅，驼队仿佛一团团地面漂移的云朵，缓缓移动。骆驼累了，仍然高昂着头颅坚定地朝着前方顽强地行走，宽大的脚掌稳稳地踏在松软的沙地上。骆驼困了，鼻翼喷出浓浓的雾气，身上散发的热气更加地浓郁，空气中弥漫了淡淡的腥咸味。

我勒勒缰绳，阿斯木乖顺地停下脚步。身后的骆驼条件反射般都稳稳地原地停步。

阿穆尔很快从后面赶上来。

"咋啦？"

"骆驼太困了，让骆驼稍缓缓。"

"不行，骆驼走开就不能停下来，赶紧走吧。"

"就稍缓一会儿。"

和善的阿穆尔突然倔强起来。

"不行，骆驼身上出汗了，得趁热走，天一会儿就凉了，骆驼受凉走不动路。"

我的拧劲也上来了。

"就稍微缓一缓不行吗？"

"你还想不想回家了，天黑前走不到达赖家，今晚就得冻死。"阿穆尔瞪着眼睛朝我吼。手里的缰绳狠狠地抽打在阿斯木的屁股上，骆驼低声鸣叫一声，再次迈开了步伐。

这样的阿穆尔是我不曾见过的，突然生出一股厌恶，我不想看见他，我也不再痛惜牲口，挥动缰绳狠狠地抽打骆驼，迫使阿斯木和驼队拉开一截距离。趴在驼峰上，眼泪很不争气地流了下来，阿斯木是我的伙伴，你凭啥打他。这是一种矛盾心理，自己的牲口怎么使唤、怎么抽打都行，绝对见不得别人行凶。

阿斯木极为聪明，渐渐放慢了脚步，等到后面的骆驼跟上来，才又铆足了劲大踏步地前进。

夕阳西下，落日的余晖映红了沙漠，却带走了空气的温度。身上还好，羊皮袄足以保温，棉帽子也发挥了该有的作用。冷的是手，我把双手插在驼峰的绒毛里，立刻感受到骆驼的温暖。

我扭头朝后看。

"诺敏，你睡着没？"

那个小小的人儿脸蛋红扑扑的，眉眼儿全是笑。

"阿哈，刚才好困呢，你一看我就不瞌睡了。"

"天黑冷得很，把裤腿往下揪揪，手捅在袖筒里。"

诺敏朝我扬起手："阿哈，我不冷，我有皮手套呢。"

天黑尽了，像一口巨大的锅扣住了沙漠，黑得没边。骆驼仍旧不紧不慢地走着，它们的眼睛和人的眼睛一样，并不能看透夜的黑雾，聪明的脑袋却记得家的方向，记得回家的路。所以，它们仍在漆黑的沙漠里不紧不慢地走着。

咚——哒，咚——哒……

叮——呤，叮——呤……

黑夜浓得像湿润的空气，驼铃的声音浸染了湿气而变得暗哑、沉闷。

咚——哒，咚——哒……

叮——呤，叮——呤……

天地间只有一种声音，却不再悦耳，仿佛一只手，紧紧地攥住了我的身躯，勒得我几乎喘不过气来。恐惧，在迅速地扩大，我仿佛看到黑夜的天空中一双黑色的巨眼，恶狠狠地盯着我，正在一点一点地夺走我的意识。

阿斯木突然停下了脚步，大声地打了一个喷嚏，昂起脖子眼睛盯着一个方向。空气骤然冷了许多，寒风无形，从衣领里、袖筒里、裤管里、羊皮棉袄的缝隙里钻进来，冷得人颤抖。我意识到骆驼肯定发现了什么，我的眼前却只有浓稠的无际黑色，什么也看不到。脑子里一个声音疯狂地朝我呼喊，赶紧走，赶紧走！我举起半截缰绳抽打骆驼，手臂似有千斤重，僵硬得不听使唤。

"阿哈，我害怕。"

"咋停下了？"

"什么东西，有狼吗？"

"鬼……吗？"

身后的骆驼全都聚拢，无一例外地头朝向前方，形成一个半圆。听到伙伴们恐惧的声音，我才渐渐回过神来，身体也松弛许多。

"打不死的鬼东西，赶紧给我滚开，当心我砸烂你的狗头剥了你的皮！"

阿穆尔突然破口大骂。

狼！

我们立刻明白，野狼挡住了我们的道。冷气，从脚底滋生，迅速涌上头顶贯通全身，恐惧再一次袭来，谁也不敢说话，眼光警惕地在黑夜里搜索。

"噢——嗬嗬——"

阿穆尔粗狂的声音打破了夜的沉寂。我们立刻会意，跟着大声地吆喝起来。

"噢——嗬嗬——"

"噢——嗬嗬——"

八九道声音汇集起来就是一股巨大的力量，驱赶了寒冷，穿透了黑夜，沙漠突然沸腾起来，无数的声音从四面八方汇聚而来。

"噢——嗬嗬——"

"噢——嗬嗬——"

漆黑的夜色里，我似乎看见一道黑色的闪电从前头闪过，消失在浓得化不开的黑夜里。

"走吧，再走两三里地就到达赖家了，孟根高娃煮好饭等着我们呢。"

"狼……走了？"

"走了，我们人多，把狼吓跑了。"

"那它还会不会回来？"

"不会，吓它一次，今天就不敢来了。"

不用我鞭打，阿斯木自觉地迈开了步伐。

下午的怨气烟消云散，我在驼背上转身去看，驼铃的叮当声逐渐远去，阿穆尔的身影已经融在夜幕中了。他一刻都不会懈怠自己的职责，继续走在队伍最后守护我们的安全。

终于有了亮光。一扇光明之门把我们迎进温暖的世界。

达赖家的房子不大，八个孩子把外屋的火炕挤得满满当当。呷一口浓香的奶茶，立刻驱走了身上的寒冷。

"遇上狼了？"达赖笑眯眯地问。

"查干呼都格啥时候有狼了？"阿穆尔半拉屁股跨在炕沿上，旱烟锅凑在煤油灯上点着猛吸一口问。

"来了有些日子了，前天叼走一只刚下的羔子。"

"那你不早说。"

"呵呵，你还怨上我了，巴依勒把你的魂都勾去了你还问我。"

阿穆尔红了脸，呵呵地笑。

达赖没打算饶过他："本来三天的路程，巴依勒家住一晚，我家住一晚，你贪着她家住了一整天，到我家骆驼都没下，我哪有工夫给你说去？"

"一年才能见几回。"阿穆尔在鞋底上磕掉旱烟锅里的灰烬，双眼望着摇曳的灯火，仿佛黑夜里明亮的星。

锅灶上忙活的孟根高娃开了腔。

"这么拖着也不是个办法，你苦她也苦，就该早点娶了她。"

阿穆尔又装了一锅烟。"她不情愿。"鼻子里喷出浓浓的烟雾，然后说，"她不敢。"

"都怨巴格达，占着锅里的，看着碗里的，把个好女人耽误了。"

"好好煮你的饭，哪那么多的碎话。"

达赖朝媳妇吼，防着什么似的朝我瞥一眼。

巴格达是队上人对父亲的敬称，我不知道他们说话怎么把我父亲也带了进去，但我听出来此事与父亲有关。

孟根高娃的酸奶子羊肉揪面够劲儿，我们放开肚皮猛吃，满屋子的吸溜声。额尔登吃了三碗还想要，可是饭锅见了底。我们都笑了。

骑了一整天骆驼，吃饱了肚子瞌睡就来了，最先睡着的是小诺敏，身子一歪趴在我腿上立刻就发出了匀匀的鼾声，我们都笑。瞌睡是会传染的，不过片刻，一个个东倒西歪地躺在炕上。我还想听达赖和阿穆尔说话，好歹睁不开眼睛。这一觉是小半年来睡得最舒服的一回，没有梦境，没有念想，温暖而舒适。

天才刚放亮，阿穆尔裹着一身冷气推门进来。他早早起来去收昨晚放开吃夜草的骆驼回来了，冰冷的手摸摸诺敏红彤彤的脸蛋。诺敏呀地一声脑袋缩进被窝里。阿穆尔呵呵地笑了，眼睛里装满了柔软。

不用催促，我们利索地穿衣下炕。

孟根高娃熬着奶茶数落。

"你呀，天还早呢，把娃们都叫起来。大冷的天，让娃多睡睡，太阳上了屋顶才暖和呢。"

阿穆尔憨憨地笑。

"你知道个啥，冬天日子短，早早出门，赶天黑到巴依勒家。"达赖抱着一抱柴火进来。

"唉，也是，人在这里呢，心早就飞去那家了。行了，上炕喝茶吧。"

太阳才刚刚露个脸，我们的驼队出发了。达赖和孟根高娃站在被朝阳映得通红的房子前朝我们挥手告别。

又是一个好天气。吃了夜草的骆驼缓上了劲，迈着矫健的步伐继续一天的跋涉。高大的沙山起起伏伏，过了一道沙梁又是一道沙梁，绕了一道沙湾又是一道沙湾，那些熟悉的海子少了往日的秀气，周边枯黄的芦苇丛在晨起的寒风里轻轻摇曳。没有羊群，没有骆驼，没有飞鸟，无边无际的沙漠冷冽寂静。

咚——哒，咚——哒……

阿斯木架杆上的大铃铛发出清脆的声音，敲碎了沙漠的沉静。

叮——呤，叮——呤……

阿穆尔的骆驼上挂的铃铛宛若百灵鸟的歌唱，使这冷寂的沙漠渐渐有了温度。

咚——哒，咚——哒……

叮——呤，叮——呤……

清脆悦耳的驼铃声里，长长的驼队在沙漠里划下一道美丽的曲线。

看不见路，我们知道离家越来越近了。

"阿哈，阿哈，天黑我就到家了，我想妈妈了。"身后的诺敏喊着说。

这个可爱的小精灵，上学后就成了我的尾巴，整天跟在屁股后头阿哈阿哈地喊。

我回头朝她大声地说："坐稳了，手套戴好，天黑就到家了。"

诺敏咧嘴笑了，乖顺地把两手塞进羊皮手套里。

"我想喝阿妈熬的奶茶。"

"嗯，到家就有奶茶。"

"我想吃阿妈煮的手抓肉。"

"嗯，回家吃手抓肉！"

骆驼的脚步很均匀，不紧不慢。骆驼的性情很温顺，不急不躁。在连绵起伏的沙漠行走对于它们胜似闲庭信步，即便没有人驭使，它们也是安静地在沙漠里行走，生存。它们能从空气的味道里找到青草和水源，它们也能在宛若迷宫的沙海里记住自己行动的轨迹。迷路的情况从来不会发生，顶多贪恋某处的草场、寻找新的水源耽误回家的时间。一旦背负了货物或者驮了人，骆驼便清楚了自己的使命。可以不吃草，可以不喝水，脚不停歇地到达目的地。

阿斯木高昂着脑袋，骄傲地履行头驼的职责。

沙漠里有路吗？当然有，不论牲口或牧人都知道沙漠里有路，且四通八达。这条路存在于沙漠里生存的有知生物的意识里，目的地的方向就是路，朝着那个方向走准没错，不过是多绕几道沙梁和海子，那也是最熟悉的路标。

骆驼会眨眼吗？我在驼背上盯着阿斯木的眼睛看了许久，它的目光朝向前方，长长的睫毛偶尔忽闪一下，擦干了眼睛的雾气。它也从不回头看自己的身后，只是耳朵轻微地扭一下，鼻翼微微翕动一下，身后的每一丝响动每一丝气息都不会遗漏。

我在驼背上转个身，倒骑着看我的伙伴。诺敏看着我咯咯地笑，伙伴们朝我招手，胆大的额尔登居然伛偻着腰站立在驼背上向我们炫耀。阿穆尔远远地看着我们，也不制止额尔登胡闹。如果这样从驼背上摔下去，那他就不是沙漠的主人、不配做牧人家的孩子了。

太阳高高挂在天空，阳光温暖地抚摸我们的脸。

小诺敏温暖了身子，脸上绽开花朵般的笑容。

我朝她挤眉弄眼地挑逗一番，诺敏的笑声更加欢实了，赛过驼铃的叮当。

笑也是会传染的，我的伙伴们每个脸上都挂着笑容。那是即将回家的喜悦，是心有灵犀的和谐。

歌声突然响起，起初是一个女生轻声哼唱母亲的歌谣，然后有人和声，然后我们大家都跟着大声地唱起来。欢乐感染了冬天的太阳，把温暖的光洒在我们身上。

我们的血液里流淌着欢乐的音符，歌子开了头就停不下来，你方唱罢我登场，一首接着一首，学校里学的新歌，喇叭里听过的流行歌，母亲教的儿歌，老人们的传唱，几乎把会唱的歌子唱了个遍。

歌声缩短了道路的距离，歌声让人忘记了时间的流逝，就连骆驼的脚步也轻快了许多。

前方是一片平缓的沙地。额尔登忽然驱赶骆驼跑上来。额尔登唱的起劲，唱出了一身汗，把羊皮袄脱下来搭在驼背上。

"我们赛跑吧。"

另外几个男孩也赶上来。

"我们赛跑吧。"

"阿哈，你保证第一名。"

小诺敏朝我嘻嘻地笑。

"不行，骆驼上有货物。"

"那又没多重，阿爸说大骟驼能驮四五百斤呢。"

"就是，我们赛跑吧。"

就在我的坚持有些松动的时候，阿穆尔纵驼赶了上来。

"你们想干啥，排好队，赶紧走。"

"我们就是想快些走，我的骆驼跑得很快呢。"

"就是，赛跑就快多了。"

阿穆尔又换上了昨天那个冷酷的嘴脸。

"回去，排好队，老实走路。"

"阿穆尔，我们就是想赛跑，你看多好的天气啊。"

"就是，前头的沙子这么平。"

"货物弄散了咋办，米面香油月饼啥的掉在沙子里咋办，还过不过年了？"

这句话有分量，额尔登勒勒缰绳放缓脚步，让前头的骆驼先走。

"赶紧跟上。"阿穆尔朝额尔登叮嘱一声，抽打骆驼赶路。

咚——哒，咚——哒……

叮——呤，叮——呤……

许是阿穆尔破坏了大家的兴致，空气忽然变得沉闷，甚至驼铃的声音也有些暗哑。

前头依然是起起伏伏连绵不绝的沙漠，阿斯木领着驼队在沙梁间蜿蜒跋涉。

下了一道沙梁，太阳的光泽忽然暗淡许多，身上又有了冷意。

"阿哈，阿哈……"

身后的小诺敏向我呼唤。

我转身回头。

"咋啦，冷吗？"

小诺敏的神情不似之前的天真，反倒显得极为担忧。

"阿哈，变天了，你说赶天黑我们能到家吗？"

我这才注意到天气变了，阴云自西边来，稀释了太阳的光芒。西边更远处呈现一片暗色，隐匿了高高的沙梁，模糊了天与地的界线。听不到风的声音，脸上却有皮肤皲裂的疼痛。

"没啥，我们出门早，不等天黑就到你家了。"

听到我的安慰，小诺敏的脸上绽开了笑容。

"阿妈肯定已经熬好奶茶了。"

"嗯，你阿妈熬的奶茶最香了。"

"我想吃阿妈煮的手把肉。"

"嗯，回家就有肉吃了。"

突然，一道不和谐的声音打破了沙漠的宁静。额尔登那个天不怕地不怕的愣小子突然放声大哭起来。我和诺敏下意识地勒住了缰绳。

额尔登冻得瑟瑟发抖，他的羊皮袄不见了。

阿穆尔的脸色和天气一样的阴沉，绕着驼队走了一圈，目光挨个朝我们身上扫过，然后望向身后走过的路。

尽管年纪小，但我们知道在这样的寒冬丢掉羊皮袄意味着什么，仅凭贴身的小棉袄无法抵御这样的寒冷，何况，暴风雪即将来临。

对，是暴风雪，我已经听到了风的呼啸，脸上甚至有冰凉的痛感，不用说，那是风夹着细小的雪花刮在脸上。

我们都不说话，都望着阿穆尔。

阿穆尔望向来时的路，眉头紧皱，面色如霜。他在思忖，考量。

这是一种考验，倒回寻找额尔登的羊皮袄还是尽快在暴风雪来临之前赶到巴依勒家，我没有答案。

阿穆尔调转骆驼，解开胸前的皮绳扣，把那件红围巾塞进贴身的衣裳里，脱掉身上的皮大氅丢给额尔登。他的上身只剩下一件褪了色的红绒衣。

"阿斯木，你继续头里走，放开走，走快些。"

阿穆尔在我的骆驼屁股上蹬了两脚，骆驼迈开了步伐。

"诺敏，跟上。"

我知道阿穆尔的想法，也明白事情的严重，不再怜惜骆驼，使劲抽打阿斯木加快脚步。

阳光转瞬消失，黑夜提前来临，风暴夹着雪花呼啸着朝我们裹来。我抬起胳膊，衣袖遮在眼眶上方努力往前看，不见了沙峰、海子和芦苇，骆驼仍旧高昂着脑袋，顽强地朝前走，步履却慢了许多。回头往后看，只有小诺敏紧紧地跟着我，她的身后我看不清。

小诺敏哇地一声哭了。

"阿哈，我害怕。"

我轻勒缰绳，阿斯木停了下来，诺敏的骆驼也停了下来。

我大声朝诺敏喊话。

"不怕不怕，阿哈领着你。"

阿穆尔裹着一身雪花从后面赶上来。

"咋停下了？快走快走，不能停。"

单薄的衣服裹紧了他的身体，尽管他很强壮，冰冷刺骨的风雪也使他不得不佝偻在驼背上。

"快……走，西尼扣，路，路上不能停。"

风声很大，我仍然听到他牙齿打架的声音。

我伸手牵住诺敏的缰绳。

"诺敏，坐稳了，走！"

我抽打骆驼迈开步伐。

有阿穆尔殿后，我不担心后面的人会跟不上，都是牧人家的孩子，谁都知道此刻必须紧紧跟上前面的人。

我的阿斯木和我心意相通，不用我鞭打，顺从地走进呼啸的风雪中。我看不到前方，甚至不辨方向，唯一的选择就是把一切交给骆驼，不影响它的判断，它的选择。这是一种默契，这也是一种信任，忠诚的伙伴从来没有让主人失望过。

黑暗愈来愈浓，风似乎小了些，雪却大了起来，团状的雪花密集地砸了下来，粘在人身上，附着在骆驼身上。我拉拉手上的缰绳，感受到后面骆驼的沉重。

"诺敏，坐稳啊！"

"阿哈，我坐得稳稳的呢。"

"诺敏，别害怕啊！"

"阿哈，我不怕了，我能看见你呢。"

骆驼的速度慢了下来，我的身体不由得往后仰，我知道骆驼是在上坡了，应该是一道大沙梁，骆驼走得很艰难，我听到骆驼沉重的喘息。

尽管我对我的阿斯木百分之百的信任，这时候还是有些不放心。我不担心骆驼迷路，我却害怕在这黑漆漆的夜晚，被雪覆盖的沙漠中，骆驼虽然知道家的方向，却无法看清脚下的路。万一走上一个陡坡呢？万一坡那边是断崖呢？万一走向流沙呢？在这恶劣的天气里，一切都有可能。

果然，阿斯木的身体猛地下沉，我条件反射地往前栽，若非驼峰坚实，必会从前头栽下去。还好，断崖不太陡，阿斯木趔趄一下，立刻稳住了身体，小跑着下坡。

但是，我的心却陡然提起。我感觉到自己的左手突然被谁扯了一下，缰绳从手里抽了出去，紧接着一道影子从我身边快速跑过，朝坡下冲了下去。

"诺敏——抓紧——"

我惊慌地呼喊。

身后传来一声又一声的惊叫。

"啊呀——"

"啊呀——啊呀——"

紧跟着，一道又一道的身影飞奔而下。

恐惧紧紧地攥住了我的心，坡下，最先下去的是小诺敏。

"诺敏——，诺敏——"

惯性推着骆驼一路小跑，我撕心裂肺地呼喊，后仰着身体睁大双眼朝下方搜寻。然而，除了夜幕下的白，我什么都看不到。

"诺——敏——"

阿斯木终于慢了脚步，自己停了下来。

我大声地呼喊。

"诺敏——"

"巴德玛——"

"额尔登——"

"阿穆尔——"

……

声音从我身后传来。

"阿——哈——"

我赶紧催打骆驼朝那边走去。

"阿哈，我在呢。"

"没跌下去吧？"

"没有，我抱着骆驼峰子呢。"

诺敏和额尔登他们都在坡底。我的骆驼是头驼，经验丰富，下坡的时候一脚踏空马上调整姿态斜跑着下坡。紧跟在后面的骆驼反应不及，笔直快跑下坡。好在我们都有这样的经历，没有人跌落。真是万幸，如果前面真有人跌下驼背，无论如何逃不脱后面骆驼的踩踏。

阿穆尔是最后下来的。虽然不能远视，听到前面的惊叫声就知道肯定出事了，而且迅速判断出事情的原因。奈何他走在最后，又是上坡，并且冻得发不出声，他来不及提醒大家，更来不及采取措施，只能紧跟着下来。

好在，有惊无险。

但是，仍有麻烦，有两峰骆驼的架杆松了，一些货物掉了下来，撒了半坡。坡底的风雪比别处大得多，风裹挟着雪花在坡底打着旋儿弥漫，什么也看不清。

一场惊险，暂时忘记了身上的寒冷。问询过人和骆驼都未受伤，阿穆尔这才放下心来。

"阿穆尔，咋办？"

"啥也看不见，不能走了。"

"那咋办？"

听阿穆尔这么说，我们都紧张起来，不约而同地向他靠拢，询问。

"找个避风的地方，住一晚。"

"不行，这么冷的天，这么大的雪，不把人冻死了。"

我立刻反对。

"找个地方住下才能活，骆驼看不见路，再走下去天亮也走不到地方，都得冻死。"

阿穆尔很清醒。

他是班头，为我们的安全负责，我们只能听他的安排。

阿穆尔连好骆驼，领着我们摸索着往前走，在一处风雪相对小一些的地方停了下来。应该是一处逆风的缓坡。

我们都从骆驼上下来。阿穆尔让九峰骆驼首尾相接围成一个圈，然后吃力地卸下驼背上的货物和架杆鞍鞯，堆在圈外迎风的一边，形成一面挡风墙。天寒地冻，风雪交加，受了惊吓的我们手足无措，冻得缩起了脖子。和手脚一样冻得麻木的还有我们的思想，我们没有经历过这样的困境，不明白阿穆尔到底要干什么，只能木然地感受着他劳作，却不省得上去帮一把。

终于消停了，阿穆尔招呼我们坐下来。

"你……你们都坐……坐这……这边来，挤……挤在一起不冷……"

我们忘记了阿穆尔只穿着一件绒衣，所有的工作都是下意识地进行，顽强地履行着自己的职责。他的声音哆嗦着，甚至说不出完整的句子。聪明的阿穆尔把几块连着架杆的鞍鞯铺在了骆驼圈中间，厚厚的鞍鞯阻隔了雪地的冰冷，背靠骆驼庞大温热的身躯，感觉寒意减了几分。

我们背靠骆驼紧紧地挤在一起，我让小诺敏趴在我的怀里。阿穆尔紧挨着我，跪在鞍鞯上紧紧地抱着阿斯木的驼峰，从骆驼身上感受一些温暖，这也是目前唯一的取暖方式。我感觉到他的身体在剧烈地颤抖。

"阿穆尔，你到中间来吧。"

"抱……抱紧诺……诺敏，别……别……别冻着，睡……睡觉，天……天亮就……就好了……"

阿穆尔紧紧地挨着我，他的身体几乎挤进我和阿斯木中间的缝隙里去。

风声依旧，雪仍然在下，我们挤坐在一起，靠身后的骆驼和彼此的温度获得一些暖意。

"阿哈，我冷。"

小诺敏趴在我怀里，身体打战，声音带着哭腔。

"来，把手伸进我怀里，我怀里暖和呢，我抱着你就不冷了。"

"阿哈，我们会死吗？"

"不会的，雪一会儿就停了，等雪停了我们就走，到你家喝热乎乎的奶茶。"

我安慰着小诺敏，可是她的恐惧还是传染了所有人，那几个女生开始低低的啜泣。

"不……不要……哭，挤……挤在一起……暖和，只要……只要你们不……不分开……就……就没事。"

阿穆尔咬着牙关安慰我们。

风小了，雪却越来越大，成团的雪花落在我们身上。

小诺敏在我怀里安静地睡着了，女生啜泣的声音听不见了，唯一能感受到的是后背骆驼给我的温热和身旁阿穆尔的颤抖。但是温热与颤抖都似乎和我没有关系了，困意袭来，我的知觉渐渐地不存在了。

似乎是做了一个梦。

父亲带着我在连绵起伏的沙漠里跋涉。起初只有一峰骆驼，父亲骑在驼背上，把我抱在胸前。父亲的坐骑高大威武，驼背上骑两个人并不觉得挤，我喜欢被父亲抱在怀里的感觉，拥有父亲的怀抱，这个世界就是我的了。我的阿斯木和我一起长大，在我能够独自驾驭骆驼的时候，阿斯木已经成长为一峰健壮的大骟驼了，理所当然地成了我的坐骑。这是专属于我的坐骑，父亲从不让其他任何人沾了我的福气。

骆驼的脚程并不慢，从大队畜群到镇上大约三百里路，三天也就到了。中途会在巴依勒家休整一下。最早见到小诺敏的时候她才三岁，我和她有一种与生俱来的亲近感，甫一见面就互相吸引，爱怜地牵着她的小手在沙滩上玩耍了。从此每年四次见到我便是诺敏最为开心的时刻，阿哈阿哈地叫着跟在我屁股后面嬉笑着跑。如今诺敏八岁了，和我一起上学，她是我的尾巴，我是她的全部。

我和诺敏一起疯玩的时候，大人们从不阻拦，他们有他们的事情，打水饮驼或者拾掇驼圈、接羔挤奶。

父亲不当班头已经两年了，这份工作好多人抢着做，父亲把班驼交给了老实憨厚的阿穆尔。上学的孩子逐渐增多，漫长的路途不再寂寞。巴依勒家依然是我的福地，小诺敏在那里攒了好吃的等着我，巴依勒笑盈盈地迎接我们。

"阿哈，阿哈。"

我听到诺敏在呼唤。

睁眼一看，诺敏使劲地摇晃着我，满脸的关切。

风雪停了，天亮了，太阳出来了。

我身边的人都被白雪覆盖，没有动静。骆驼的身上同样落满了厚厚的雪。它们忠实地履行了自己的使命，一晚上一动不动，给我们遮挡风雪的侵袭。能使我感觉到它们活着的是它们不曾变化的体温和反刍的咀嚼声，利齿磨牙的声音在清冷的早晨分外清晰。

我还活着。只是冻麻了双腿双脚。

我使劲拍打自己的双腿，惊醒了熟睡的伙伴们，大家一个个坐起来抖掉身上的雪拍打双腿。

终于站起来了，骆驼外侧的雪与身体齐高，形成一堵厚厚的雪墙，给了我们生的空间。伙伴们全都起身，一个不少，安然无恙。清晨的太阳和煦温暖，让我们忘却了昨夜的焦虑和恐惧。

"阿穆尔呢？阿穆尔——"

诺敏一声惊叫才使我发现身边的确少了一个人，阿穆尔不见了。放眼瞭望，雪原干净得一尘不染，没有任何踪迹。

"阿穆尔——"

"阿——穆——尔——"

我们大声呼唤，雪原上四面八方回响着我们的声音，却听不到我们渴望的那一道。我们把骆驼圈内外的雪扒拉开，也不见阿穆尔的身影。

"阿穆尔肯定是半夜冷得不行，一个人去巴依勒家了。"

额尔登穿着阿穆尔的皮大氅，首先想到了冷。

"才没有呢，骆驼都在，没有骆驼他走不到巴依勒家。"

到底女孩子心细，巴德玛发现了问题所在。

我试着去被雪覆盖的高大沙梁上瞭望，雪深得没过了膝盖，几乎寸步难行。

"阿穆尔——"

"阿——穆——尔——"

我们能做的只有不断地、声嘶力竭地大声呼唤。

阿穆尔丢掉了。

小诺敏哇地一声哭了。

我把诺敏揽在怀里。我想破脑袋也想不明白，这么冷的天，阿穆尔能去哪里呢？我最后的记忆是阿穆尔紧紧地贴着我，抱着骆驼的身子打战。

我们尝试去寻找阿穆尔，积雪很厚，没过了我的膝盖，额尔登掉进雪窝没过头顶。

我吃力地走上一道沙梁，辽阔无垠的雪野一览无余。除了我们和九峰骆驼，不见其他活物，甚至不见任何的植物，就连地上的沙也被大雪覆盖了，阳光下反射出蓝幽幽的光芒。

好在方向还在。只要有阳光就有方向。

七个小伙伴全都注视着我，我一直都是他们的头儿。

"先走吧，先到巴依勒家再说。"

伙伴们盯着我看了会儿，默默地低头，转身。

大伙儿全都明白现在的处境，没有人质疑我的决定。

凭我们单薄的身体无法将那些货物重新捆绑在驼背上。我们只能勉强把架杆和鞍鞯在骆驼身上固定好，然后一个个爬上驼背，朝西边出发。

一路荒凉。目力所及一片洁白。沙梁不再巍峨，海子隐了身影，动物失去踪迹。

道路似乎平坦许多。但是，危险却无处不在。大雪覆盖了沙漠，填满了沙窝沙沟和沙壑，我们看得清前方的风景却看不见脚下的危险。我的阿斯木永远是头驼，肩负着探路、引路的重任。为此我也吃了不少亏。阿斯木好几次踩空踏进雪窝里跪倒，我也几次从它身上栽下来掉进雪窝。好在积雪柔软，并未给我造成什么伤害。相对而言，后面的伙伴们就幸运多了。紧跟着的骆驼发现前驼出现状况立刻驻足不前，待前驼调整姿态重新上路才不急不缓地跟上。

大雪掩埋了沙漠里的一切痕迹。没有路标也没有路。不过这不是我担心的，骆驼的脚步就是回家的方向。我一直在想阿穆尔会去哪里，怎么就凭空消失了。我的感觉，昨晚我们宿营的地方大概是达赖家到巴依勒家中间的地方，也就是说从那里到达赖家和去巴依勒家的距离差不多。那么大的风雪，阿穆尔身着单衣又没有骑着骆驼，无论如何是走不到这两家的。他到底去哪里了呢？难道真的像小诺敏说的他变成神仙飞走了？这世上有神仙吗？

阳光明媚，天空湛蓝，大地洁白。但是气氛却有些压抑，调皮捣蛋的额尔登乖乖地担负了殿后的职责，从我们出发开始，他没有再说一句话，他意识到阿穆尔的失踪和他有脱不开的关系。小诺敏安静地跟在我身后，小脸蛋红扑扑的，一双大眼盛满担忧。

阿斯木踏了几次雪窝，聪明了许多，脚步稳健，再没让我吃亏。

雪原反射阳光刺伤了我的眼睛，疼得流泪。我只好闭上眼睛任由阿斯木把我驮向远方。

突然听见阿斯木发出几声响鼻。这种声音是我极为熟悉的，阿斯木只有见到熟悉的人或伙伴时才会发出这种声音，代表着它的愉悦。

什么情况？我眍眼先看雪地上的驼影，适应一会儿才抬眼四顾。

前方出现两峰骆驼。不对！前头有两个人骑着骆驼向我们走来。

我转身看小诺敏。

"诺敏你看，你妈妈来接你了。"

诺敏偏头往前看，兴奋地挥舞双手。

"妈妈，妈妈——"

后面的骆驼都攒了上来。

"两个坐骑，阿穆尔和巴依勒阿姨找我们来了。"

额尔登激动地挥手。

"才不是呢，是巴格达阿爸和我妈妈。"

小诺敏眼尖。

我也早就看清了，父亲和巴依勒一起来了。

两峰骆驼飞快地向我们驰来。

巴依勒从驼背上把小诺敏抱过去搂在怀里亲吻。

父亲绕我们的驼队走了一圈。

"阿穆尔呢，阿穆尔到哪去了？货物呢？"

"阿穆尔丢了。"

我把事情的经过说了一遍。父亲眉头紧皱，眺望雪野。

巴依勒脸上的喜悦褪去，目光一一从我们身上扫过，停在额尔登身上的皮大氅上。

巴依勒的脸色很冷。额尔登哭了。

"你领他们顺着我们的脚踪走，再有三十里地就到巴依勒家了。"

父亲给我安顿一句，接过阿穆尔坐骑的缰绳，狠抽骆驼朝我们来的方向走去。

巴依勒举起小诺敏，让她抓住原先坐骑的前峰，轻轻一送，小诺敏就又骑在自己的驼背上。

"听话，跟着阿哈先回家，妈妈一会儿就回去。"

轻声叮嘱一句，巴依勒抽打骆驼跟上父亲去了。

我们在巴依勒家等了小半天，直到太阳偏西才等回来父亲和巴依勒。和他们一起回来的还有阿穆尔，一具冰冷的尸体驮在驼背上。

天黑的时候陆续来了七八个人，都是我们这群学生的家长，和父亲一样的决定，昨晚看到天气变化，不约而同地来迎接自家的孩子，最终在巴依勒家相遇。

巴依勒家的热炕温暖舒适，吃罢晚饭我和伙伴们被安排在里屋早早睡觉，我听见外面大人们忙碌了一夜。

我们起来的时候天已经亮了。货物全驮回来了，垛在屋前。东边的沙梁上堆了高高的一垛扎干柴，差不多是巴依勒家全部的柴火了。

色勒庙的老喇嘛匆匆赶来。

阿穆尔静静地蜷躺在扎干垛上，身上盖着他的皮大氅。

父亲不让我们靠近沙梁，我们只能站在屋前远远地看着。

老喇嘛点燃了扎干垛，熊熊火焰融化了跟前的积雪。

大火很快吞噬了阿穆尔，我似乎看见阿穆尔在火中坐了起来，朝我大声吆喝让我领着大伙儿赶紧走。

老喇嘛念念有词，打开一瓶酒一下一下扬在火堆里。

所有人凝视着熊熊大火，没有人说话。

突然，一道哀婉的歌声响了起来。

巴依勒唱起了忧伤的长调，歌声婉转，哀伤悲恸，诉不尽的伤痛，道不尽的不舍。歌声揉碎了我们的心。无一例外，我们这些孩子都哭了，额尔登哭得接不上气，狠狠地抽打自己耳光，他的父亲箍住他的双手使劲把他揽在怀里。

大火整整烧了两个钟头，巴依勒的长调也唱了两个钟头。她的胸前搭着一条鲜艳的红围巾，仿佛跳跃的火焰，在洁白的雪地里飞舞……

父亲说，巴依勒首先在一片芦苇丛里发现了阿穆尔，身上盖了厚厚的雪，若不仔细压根看不出人形，他的身前有一小堆干枯的芦苇。

父亲说，阿穆尔把皮大氅给了额尔登，黑夜实在冻得受不了，想去拾点柴火点火取暖，在芦苇丛里跌倒就再没起来，怀里紧紧抱着一条红围巾。

父亲说，巴依勒不让班驼住她家了，娃们上学得多绕一天路了。

母亲泪流满面，在父亲肩上使劲捶了一把，你呀，害死个人……

骆驼泪

　　哈琳娜疲惫地进屋，借着窗户上映射的月光，跌坐在沙发上。

　　窗户够大，月光很亮，屋里的陈设逐渐清晰起来。房子不算小，98平米，客厅与餐厅厨房贯通，还有两间卧室和一个舒适的卫生间。并没有太多的家具，客厅只有一组沙发和电视机，餐厅也只有一组餐桌和一个冰箱。仅此而已。但是，屋里并不显得空落。墙角、窗台、电视柜上聚集了各种动物。准确地说，那些是一块块大大小小、形态各异的石头，哈琳娜根据石头的形态彩绘了许许多多动物的图案，一个个活灵活现，栩栩如生。就连洁白的墙壁上也挂着一些画作，用各色卵石精心拼接粘贴的动物图案。如此，屋里就多了一些灵动，多少驱逐了一些孤单和寂寞。不用说，哈琳娜是一位画家。和大众画家不同的是，她不在纸上作画，她的画画在石头上，她把自然所见的飞鸟走兽绘制在石头上，给冰冷的石头赋予生命的力量。月光皎皎，屋里的"动物们"灵动起来。墙上那只长颈鹿似乎是被月光迷惑了，低着头眼睛却望向窗外；那只狮子准是寂寞了，迷了眼畅想着非洲草原；那只黄羊不知哪来的勇气，居然低头耸角冲向一只雪豹；那两只企鹅是把月光看成冰原了吧，蹒跚着朝前走来；那只家猫总是睡不醒，圈着身子静静地卧在沙发扶手上；还有藏在暗处的黑豹，蹑手蹑脚地靠近树丛中的一群瞪羚。月的光华，把世界分成两个极端，光明更加璀璨，黑暗更加地迷蒙了。无心体味月华的曼妙，哈琳娜把自己展展地丢在沙发上，闭上了眼睛。这些天太累了，以至于没能抽出时间画画，捡来的那些卵石还堆在地上。这种状态可是少有的，哈琳娜曾经认为自己一天不画画就没法活，现在印证了，还有比画画更重要的事。困得没有上床的动力了，很快，屋里便弥漫了浓浓的睡意，哈琳娜安静地睡着了。

　　突然，寂静的月夜中传来一声奇异的叫声。哈琳娜一骨碌爬起来，她听得很真切，那是一声哀伤的悲号，仿佛一个婴儿梦中惊醒呼唤母亲。又是一声，悲伤的声调惊扰了夜的宁静，先是谁家的狗子抗议了几声，然后就听到了婴儿的哭声。哈琳娜快步奔向厨房，隔着窗户朝楼下眺望。高耸的楼房遮挡了月光，只看见那棵柳树模糊的轮廓。极目瞭望，仍旧看不清地面的动静。但是，哈琳娜的心里有一幅清晰的画面：一个小生灵躺卧在地上，抬起脖子痛苦地嘶鸣。对面三楼一户人家的灯亮了，哈琳娜清楚地看到男主人只穿了一条内裤去了厨房。他家有刚满月的孩子，肯定是惊到孩子，起来去冲奶粉了。再看楼下，黑漆漆的，那棵柳树更加模糊了。

　　哈琳娜推开屋门快步朝楼下冲去。楼道口的灯光照亮了对面的柳树，也照亮了树下那个躺着的小生灵。是一只驼羔，悲伤地一声声地哀号。哈琳娜蹲下轻抚驼羔头部。驼羔似是受了什么刺激，哈琳娜的爱抚并没有让它安静，嘶鸣的频率反而加快了。哈琳娜着急了，一边安抚，一边劝慰。

"小驼羔，小驼羔听话啊，不要叫，大家都在睡觉呢。"

驼羔脖子往上扬了扬，拉长了声音嘶鸣。

"小驼羔，小驼羔听话啊，悄悄睡觉吧，不能再叫了，再叫他们就不让你待在这里了。求你了，别叫了好不好，再叫他们就让我送你回去了，我能把你送到哪里去啊！"

可能是感情的基础不牢固，也可能是驼羔并不懂得人的抚慰，依旧拉长了声音嘶鸣，那是对母亲的呼唤，是绝望的哭泣。

黑夜里传来几声谩骂，哈琳娜惶恐地抱住驼羔的脖子。

驼羔是哈琳娜捡回来的。

三天前小镇东边的公路上发生车祸，一辆大货车撞上正在通过公路的一群骆驼。小镇不大，消息传播极快，一时观者如堵，几乎所有的居民全都跑去看热闹。现场惨不忍睹，被撞的是一群带着驼羔的母驼，大大小小十几峰骆驼倒毙在公路上，殷红的血液染红了那一段路面，不少人失声痛哭。这场面和哈琳娜的经历极其相似，殷红的血液刺激着她的感官，她泪流满面，差点晕倒。这只小驼羔是其中的幸存者，断了一条后腿，躺在血泊中痛苦地哀鸣。按照大家的意思，要将小驼羔和其他已经死去的骆驼一起清理了，因为失去母亲的驼羔很难存活，况且还断了一条腿。就在人们准备把小驼羔和死驼一起运走时，哈琳娜不由自主地跑过去护住驼羔，央求人们把这只驼羔送给她，她负责把驼羔救活养大。

　　"小驼羔，我的小驼羔，我知道你想妈妈了，哈琳娜也想妈妈了，可是，可是妈妈已经不在了呀。可怜的小驼羔，你和哈琳娜一样地可怜。小驼羔，我的小驼羔，不哭了行不行，求求你了，再叫唤他们真的不让我养你了，呜呜……"

　　哈琳娜的眼泪流下来了，抱紧驼羔呜咽。

　　驼羔的嘶鸣更加地哀伤了，悲伤的声调极具穿透力，惊扰了无数人的梦。

　　什么东西从楼上掉下来了，摔在楼下的散水上，呼的一声响，玻璃碴和不明液体溅到哈琳娜身上，也溅到驼羔身上。哈琳娜抹抹脸，有一点黏糊糊的液体。

　　应该是个酱油瓶，空气中弥漫着一股酱香味。

　　哈琳娜抬头往上看，三楼的窗户开着，黑暗中听到有人骂。

　　莫日根，早出晚归的出租车司机，这是第二次给她警告了，头天晚上就这样骂过一次。

　　前后两栋楼有几户人家的灯亮了，黑夜里有人不满地呵骂几句。

　　哈琳娜抱紧了驼羔。

　　"小驼羔，我的小驼羔，求求你，别哭了好不好。"

　　哈琳娜呜咽着，情不自禁地唱起了童年的歌谣。

　　　宝贝别哭，

　　　你看天上那颗最亮的星星，

那是妈妈看着你的眼睛，

不论你走在哪里，

照亮你回家的路。

宝贝别哭，

等到沙湾里的芨芨草绿了，

等到沙滩上的冬青花开了，

妈妈就会回来了，

还有那洁白的羊群。

宝贝别哭，

去年出窝的雏鹰飞走又回来了，

那匹粟色的马儿可以带你飞了，

辽阔的巴丹吉林，

是你永远的家园。

哈琳娜的歌声很小，小到只有自己和驼羔能听得到，驼羔在柔婉的歌声中渐渐地安静下来。

哈琳娜抱着驼羔睡着了。

哈琳娜做了个梦，梦见沙漠深处那间土房子升起了炊烟，阿妈手搭眼罩在门前瞭望，不等骆驼卧稳，她从驼背上跳下来，背着书包向阿妈奔去，驼圈外撒欢的驼羔朝她飞奔过来，软软的长脖子依偎着她，可爱的小脑袋往她身上蹭，暖烘烘的。哈琳娜笑了，睡梦里笑出了声。

朦胧中，哈琳娜感觉有人拍打她的脸颊并轻声地呼唤。

黑夜散去，天已经开始亮了，住在对门的傲云蹲在面前关切地望着她。

哈琳娜大窘，竟然在室外睡了一夜，多丢人啊！想站起来向傲云行礼问好，抬起身又跌倒了，四月的夜晚，外面还是很冷的，两条腿似乎麻木了。傲云急忙扶住她，嘴里埋怨着关切地给她搓腿。

楼道的灯又亮了，莫日根下楼冷漠地看一眼驼羔，走过时故意踢了一下，驼羔哀叫一声浑身打战。哈琳娜脸色大变，立刻转身趴在驼羔身上，怨恼地注视着他。傲云亦没想到莫日根会来这么一下，生气地瞪着他。还没来得及开口质问，莫日根轻蔑地哼一声，转身走过去开车走了，气得傲云指着汽车远去的影子一通数落。

"啊——呜——"

驼羔的嘶鸣如泣如诉，哈琳娜心疼地蹲下抚摸它的小脑袋。

驼羔饿了，哈琳娜取过奶瓶往驼羔嘴里塞。只是和前两天一样，驼羔不张嘴，小脑袋一个劲地往后仰，急得哈琳娜恨不得多长一只手掰开嘴灌。

"唉，到底是个娃娃，没经验哪。"傲云望着手足无措的哈琳娜摇摇头，要过奶瓶，解开衣襟把奶瓶塞进怀里。

"丫头，羔子不吃冰奶，得焐热呢。"

哈琳娜羞红了脸。

傲云抚摸驼羔的脑袋，嘴里不停地说着乖哄的话，仿佛安抚自己的孩子，然后从怀里掏出温热的奶瓶，熟稔地掰开驼羔的嘴把奶嘴塞进去。但是，似乎丧失了吞咽功能，驼羔头往后仰，吐出了奶嘴。傲云又给喂了几次，都不奏效，急得她把牛奶挤到驼羔嘴里，驼羔就是不吞咽，甚至愤怒地嘶鸣反抗。很显然，驼羔抗拒牛奶。

天大亮，住户们一个个出门，不约而同地，都朝驼羔走过来。哈琳娜紧张地抱紧了驼羔的小脑袋，她清楚邻居们反感驼羔白天黑夜地叫唤，这也是她每天睡不好觉的主要原因，只要听见驼羔叫唤就赶紧下去安抚。然而她的安抚并不能减轻驼羔断腿的疼痛、饥饿的痛苦和失去母亲的哀伤，驼羔仍旧黑天半夜地哀鸣，惹来邻居们骂声一片。人们围着驼羔议论纷纷，都说死了母驼的羔子不好养活，受伤的羔子没有必要救治，养大一个断了腿的驼羔要付出巨大的精力不说，光喂它的驼奶就可以买几个大骟驼了。末了，望着哈琳娜全都是怜悯的神情，无非就一个意思，这丫头脑子不正常。

听着人们议论，哈琳娜心凉到底，蹲在驼羔跟前眼泪扑簌簌地滚落。

傲云叹息一声把哈琳娜扶起来："时候不早了，赶紧收拾一下上班去吧，我给你看着驼羔。"

哈琳娜对着镜子端详自己的脸，右边脸颊上一道细细的血印，该是玻璃飞溅划过的痕迹。该死的莫日根！哈琳娜紧张地对着镜子看了又看，就怕留下痕迹。想到那个冷面阎王似的莫日根，哈琳娜叹了口气，和那种人还有啥话好说呢，但愿不要留下疤痕就好。打了些粉底，仍然遮不住那道血痕，管不了那么多了，匆匆拾掇一下，拎了包奔下楼去。

到单位请了假，骑着电动车去街上的商铺里挨个打问。巴掌大个镇子，十字交叉的几条街，有多少商铺数也数得来，都是熟悉的面孔，走遍了所有商铺和巷道也没找到鲜驼奶。也不是没有收获，有两户人家出售自家做的骆驼酸奶，却没有鲜奶，若想要，只能去牧区畜群买。哈琳娜抱回来一只断腿驼羔的事镇上的人们都听说了，也有好心人劝她把羔子送出去，驼羔再小也是大牲畜，折了腿的大牲畜一般只有两种结果，宰了吃肉，或者饿死。出生不久的羔子，只能丢在野外自生自灭了。哈琳娜听了心里难受，再怎么说也是一条命啊，遇上了咋能不救呢。

哈琳娜望向远方的戈壁沙漠。

傲云是个热心人，虽然埋怨哈琳娜抱回来这只受伤的驼羔，还是热心地帮她照看。早晨去庙上请来了喇嘛医生嘉木苏给驼羔诊治，幸好，驼羔只是断了一条腿，其他无碍。嘉木苏喇嘛给驼羔接了骨，打了夹板，叮嘱好生照看，只要营养跟得上，小东西好得快，个把月就能康复。中午没见哈琳娜回来，傲云分外着急，午觉也睡不好，听到楼下响动就赶紧起来隔着窗户瞭望，直到黄昏时分才见到哈琳娜推着电动车磕磕绊绊地回来，急忙下楼迎上去。

电动车续航太短，没骑到牧区就没电了，哈琳娜推着电动车走了二三十里路，极度疲惫，路上跌倒几次。

傲云接过哈琳娜手里的驼奶，熟稔地掰开驼羔的嘴。似乎是闻出了驼奶的香味，这回驼羔竟然没有拒绝。前一刻还萎靡的哈琳娜立刻精神起来，疲惫的眼神突然焕发出明亮的光彩。驼羔叼着奶嘴不停地吞咽，眼看着奶瓶里的奶快速地减少。一分钟不到，一瓶奶就被吃光了。

"啧啧，你看它吃得多欢实啊，小东西饿坏了，还没吃饱。"傲云眼里流淌着母爱的光辉。

"阿姨，再给喂一瓶。"

"等会儿再喂，饿了几天了，一次不能喂太多，伤食。小东西正是长身体的时候，怕是一天得好几斤奶呢。"

"只要它肯吃就行，驼奶我去买。"

"傻丫头，这样喂个十天半月还能将就，驼羔得一岁多才断奶呢，而且越来越能吃，咋能经得住呢，怕是你的工资全贴在上面了。"

"只要能救活它，贴就贴了。"

"哈琳娜，不是我说你，你呀，也太实心眼了。行了，累了一天了，到我家吃饭去。"

"谢谢阿姨。"哈琳娜感激地拥抱傲云。

哈琳娜疲惫地躺在沙发上，浑身酸痛。月的光辉再一次洒在哈琳娜的窗前，那些黑夜中沉睡的动物又活了起来。沙发墙上，那只长颈鹿低垂了长长的脖子试探着亲吻她的脸；沙发靠手上蹲着的那只家猫，似乎想要偎依在她的怀里；茶几上还没画完的一只猫头鹰机警地睁大了眼睛，似乎发现了跳上书柜的两只老鼠。哈琳娜困了，很快进入了梦乡。

突然，哈琳娜猛地坐了起来，挺直了身体望向厨房，睡梦中的她听到了驼羔的哀鸣。没错，驼羔又在哭泣了，厨房的窗户上映出了亮光，谁家的灯亮了。哈琳娜赶紧套上拖鞋奔下楼去。

树的阴影遮挡了驼羔，它斜躺着，抬高了脖子哀伤地呼唤，若不是那断断续续的悲鸣，人们似乎忘记了这里还有一个活物。但是，也是因为它夜里突兀的哀叫，扰了许多人的梦，谩骂总是有的，只是哈琳娜没有听到。哈琳娜蹲下抚摸驼羔的脖子，驼羔的眼睛像晶莹的宝石，无助地望着黑的夜。

"小驼羔想妈妈了，小驼羔你别叫好不好，小巴图刚刚睡着，受了惊吓可就麻烦了，莫日根开车累了一天了，那个坏家伙会打你的，宝贝乖，宝贝不哭，妈妈不在了，有我陪着你啊，我会把你养得胖胖的，送你去沙漠里，看着你长大。"

哈琳娜抚摸驼羔的脑袋，梳理它的毛发，不停地安抚。然而，她的安抚并未减轻驼羔恋母的思念，驼羔也不理解她担心紧张的心情，哀声依旧，并未因为她的安抚停止，反而让她更加地担心了。又有人家的灯亮了，哈琳娜朝前后楼房望了望，把驼羔的脑袋抱在怀里。

哈琳娜再一次轻声唱起了那首思念母亲的歌谣。这支古老的歌谣，不仅仅是对驼羔的安抚，也是对自己心灵的抚慰。多少个漆黑的夜晚，哈琳娜总会情不自禁地唱起这支歌，泪光中妈妈的身影渐渐清晰起来，沙漠深处的家园充满了温馨，妈妈在院子里点燃了炊烟，阿爸在驼圈旁驯服即将成年的生羔子，那些当年生的小驼羔是哈琳娜最熟悉的伙伴，追逐她在沙漠里奔跑，甚至母驼们也对她有了嫉妒之心。

幸福在哈琳娜十二岁那年的秋天戛然而止。哈琳娜要去旗里上中学了,一家三口开着新买的皮卡车驶出沙漠,上了那条新修的柏油路。也许是阿爸初学开车有些手生,也许是一家人快乐地说话没有注意到跑在前面的一辆拖挂卡车突然来了个紧急刹车,皮卡车没来得及采取任何措施,直接撞了上去。哈琳娜大声呼喊着阿爸阿妈渐渐昏迷过去,醒来的时候躺在医院的病房里,再也没有见过阿爸和妈妈。舅舅说,阿爸和妈妈被长生天收走了,再也回不来了。妈妈很爱唱歌的,妈妈教给她多少支歌,已经记不起来了,只有这首思念的歌深深地记在脑子里,每当想念妈妈的时候,哀伤的旋律立时萦绕在脑际。哈琳娜是孤儿,这只驼羔也是孤儿,仿佛一根扯不断的线,把哈琳娜和驼羔的心连在了一起。驼羔在哈琳娜压抑的歌声中渐渐平复下来,小脑袋枕在哈琳娜怀里安静地享受母性的温情。

终于安静了,驼羔依偎在哈琳娜的怀里,睡梦中偶尔发出一声哀伤的呢喃。

夜深了,哈琳娜的腿坐麻了,空气里的湿气渐渐凝聚,似一滴滴冰冷的雨水浸润了她的身体,她不由打了个寒战。摸摸驼羔身上,绒毛上凝结了一层水汽。清冷的夜晚,没有母亲的陪伴依偎,驼羔也受不住冷吧。昨天抱着驼羔在外面睡了一晚,差点把腿冻僵了,今天总不能再睡在外面吧。

哈琳娜突然有了一个想法,把驼羔弄到屋里去。想到这个,哈琳娜的眼睛亮了,黑夜的花园突然亮堂起来。但是,现在是深夜,傲云阿姨早就睡了,没有人帮忙,怎样才能把驼羔抱上四楼呢,哈琳娜犯了难。湿气越来越重，衣服冰凉地贴在身上，冷到骨头里。坐着思谋半天，忽然灵光一闪，哈琳娜有了主意，可以像那些把孩子兜在胸前的年轻妈妈一样，把驼羔抱上楼去。说干就干，哈琳娜上楼拿来一条床单，小心翼翼地把驼羔移在床单上。不可避免地碰到了驼羔的伤腿，驼羔痛苦地叫唤一声，哈琳娜赶紧抱住驼羔脑袋不停地安抚。床单两头打个死结，哈琳娜蹲下身体把系好的布兜挂在脖子上，然后起身吃力地把驼羔抱了起来。驼羔纤细的长腿垂在身前，哈琳娜小心地挪动脚步，一步三喘地把驼羔抱上了楼。

把阴面卧室的小床拆了搬空，这样空间就大了许多，又把床垫取下来，将驼羔慢慢地移到床垫上，这样驼羔躺着就舒适了。似乎是感受到了哈琳娜的真情，驼羔朝她发出短促的鸣叫。哈琳娜在热水中温热了奶瓶，坐在床垫上给驼羔喂奶。

"小家伙，你可真能吃啊，没吃饱啊？不行，没吃饱也不能给你再吃了，傲云阿姨说不能让你一次吃得太多了。这下舒服了吧，好好在家养伤吧，这下好了，不怕他们骂了。"

驼羔温顺地依偎在哈琳娜怀里。哈琳娜怀抱驼羔，一边轻轻地梳理它的毛发，一边端详着墙角的一溜儿石头，依着一块块石头的形态想着画面的构图。画什么呢，画驼羔和母驼在一起，画驼羔被车撞伤的惨烈，画驼羔孤零零地躺在沙漠里，画驼羔卧在柳树下，还是画驼羔哀伤的嘶鸣呢？似乎有很多场景可以画下来，仔细琢磨却又感觉不够好,在哈琳娜的心里，它应该是一只快乐帅气的小驼羔，那就不能画它孤独无助的样子。但是，快乐的驼羔又是什么样子呢，现在的驼羔只有伤痛的萎靡，让人看着心疼，哪有帅气的样子啊。

驼羔的身体有所好转，却尚未从失去母亲的哀痛中恢复过来，哀鸣依旧。好在屋里不比空旷的室外，它的叫声影响范围不大，也仅楼上楼下及隔壁邻居能听闻。每次听到驼羔拉长了声音哀叫，哈琳娜还是紧张的不行，那个凶巴巴的莫日根可就在楼下住着呢，每天出车十几个小时，最贪恋的就是晚上的睡眠时光，宁惹醉汉，不惹睡汉，惹恼了这个煞星真有可能把事情闹大。夜已深，哈琳娜不敢去另外一间卧室的床上睡觉，和驼羔一起躺在那个已经被它污染了的床垫上。驼羔断断续续的哀鸣中，哈琳娜的歌声越来越低越来越弱，终于和驼羔一起进入了梦乡。

早晨六点，莫日根准时下楼出车，意外地看见哈琳娜站在车前，似乎就是在等他出来。莫日根冷漠地扫了她一眼，突然看到她脸上的一道血痕，冷寂的心里涌起一丝紧张，该不是前天晚上扔下的酱油瓶把她的脸划伤了吧，这下麻烦了。忐忑着不敢正视她的眼睛，目光躲闪，突然发现那棵柳树底下空空如也。

"驼羔呢，你把驼羔送走了？"

"没有，我抱楼上了。"

"骆驼养在楼房里？你有病吧！"

"外头太吵，驼羔不好养伤，圈在屋里再叫唤你就听不到了。"

"神经病！"

"莫日根，能不能帮我个忙？"

莫日根狐疑地瞅了一眼，看到她白皙的脸颊上那道血印分外刺眼，赶紧收了眸。

"我在西边丙巴家畜群上订了鲜驼奶，你能不能每天抽空跑一趟把奶子给我取回来，我上班不方便。"

"啥？从这到丙巴家二十多公里路呢，跑一趟至少得五十块钱。"

"行，五十就五十，我先给你一百五十块，一百块钱是买驼奶的钱，以后你每天赶中午我下班的时候把奶子给我取来。"

"每天一百五十块，你疯了吧？"

"你别管，记住每天按时把奶子给我取回来就行了。"

捏着红绿两张钞票，莫日根不由多看哈琳娜几眼，这个傻丫头，为个骆驼羔子下血本了，一天一百五十块，一个月就是四五千啊，赶上他一个月的收入了。有钱也不是这么造的，真是有病！

哈琳娜给傲云留了把钥匙，自己上班的时候请她帮忙过来照顾一下驼羔。傲云虽然也埋怨她把驼羔搬进了屋里，却也由衷的欣赏这个姑娘，爽快地和她一起承担了照顾驼羔的责任。傲云又请嘉木苏喇嘛来看了看，有了驼奶保障，驼羔的毛发润泽了许多，断腿恢复得很好，一双大眼睛也有了明亮的光泽。

"啧啧，再有几天小家伙就能站起来了。"

嘉木苏喇嘛慈祥地端详着哈琳娜，看得她局促不安，低下头不知如何应对。"孩子，你过来。"嘉木苏喇嘛觉察到她的紧张，微微一笑，然后闭上眼睛，嘴里念念有词。哈琳娜明白了，老喇嘛这是在给她念平安经啊，随即闭上眼睛，让自己的心渐渐平静下来。

"万物皆有道，牲畜不能一直养在家里，从哪里来就往哪里去吧。"嘉木苏喇嘛临走时微笑着朝哈琳娜点点头。

莫日根来给哈琳娜送驼奶了，将近一个月的时间，每天中午按时把驼奶取回来，哈琳娜总是静静地在楼道口等着他，并不多说话，递给他一百五十块钱接过驼奶就上楼。偶尔会说一句谢谢，却也低着头，似乎从不正眼看他。刚开始的时候，莫日根心里有气，心说这是什么事啊，你以为我愿意每天按时按点地为了五十块钱跑那么远的路，五十块钱也就是油钱，我这是在帮你知道吗。莫日根想着再不管了，爱找谁找谁去，这种出力不讨好，费时不挣钱的事儿谁想干谁干去。不过，头天晚上下了决心不管不问，第二天早晨到了那个点上还是鬼使神差地朝牧区走了，仿佛一股神秘的力量或者一个信念支配着他，不自觉地去做那件事。

这天送客人耽搁了一些时间，取奶回来晚了个把小时。哈琳娜没有出现在楼道口，莫日根只好送上楼去。站在哈琳娜家的门口，莫日根犹豫了一下，楼上楼下住了一年多，还从来没有上来过，更没有敲过一个姑娘家的屋门。刚刚抬起手，门竟然就开了。哈琳娜歉然说："对不起，下班没见到你，就先回家做饭了，进来坐吧。"莫日根第一次进来哈琳娜家里，不由睁大了眼睛，天哪，这简直就是个动物世界啊，怎么地上墙上桌柜上都是各种各样的动物啊，有威风凶猛的，有乖小玲珑的，有狡黠可爱的，仿佛一双双眼睛都在好奇地看着他，惊得他呆立当地，迈不开脚步。

"这些……"莫日根听到自己喉头响了一下。

"我的画，屋里乱得很，就坐饭桌这里吧，刚好饭做好了，一起吃吧。"哈琳娜微笑着说。

"真像，就跟活的一样。"

"下班时间画的，太多了，没地方摆了，你看我家里乱糟糟的。"

"好看。"

莫日根从一件件画作上看过。"画的真像，就和活的一样，这只猫要是放在外面窗台上，肯定让人以为是真的。"

"呵呵，就是画着玩的。"

大概是听到有人说话，关在卧室里的驼羔鸣叫一声。

"驼羔叫了。"

"嗯，该给它喂奶了。"

哈琳娜从水盆中拿出奶瓶贴在脸上试试温度，推门进去。

驼羔已经站起来了，慢慢挪动脚步朝哈琳娜转过身来，长长的脖子伸向她手里的奶瓶。

莫日根注意到这间卧室地上铺了一层床单，虽然干净，屋里却有一股驼羔排泄的浊气。

"空间太小了，得通风呢。"

"没办法，要是卧室门开着，小家伙会把屋里搞成一团糟的。"

"把它弄出去吧，已经能站起来了，得让它试着走路，屋里太小了。"

"我也想啊。可是，可是驼羔还是经常叫唤，我怕大伙儿不愿意。"

"那有啥，王小平家的狗每天还叫唤呢。"

说着，莫日根突然意识到什么，那时候反应最大的不就是自己吗，还朝她扔了一个酱油瓶。这么想着，不由羞愧，瞅一眼哈琳娜，脸上还有一道淡淡的痕迹。

"再过两天吧，现在驼羔虽然能站起来了，走路还不利索，等腿长好了再说。"

"等好利索了，你这屋里就盛不下它了。"

"没办法，凑合一天是一天吧。"

哈琳娜递给莫日根两百块钱。"小东西越来越能吃了，一天五斤奶已经不够吃了，明天开始得多买些奶。"

"这样喂哪能喂得起，你工资全贴上也不够。"

"那有啥办法呢，先这样吧，到时候再说。"

从楼道出来，莫日根抬头望着四楼窗户怔了半天。

之后的某天傍晚，莫日根帮着哈琳娜把驼羔抱下楼，放在那棵柳树下。驼羔的腿已经恢复得差不多了，怕它到处跑，莫日根给它拴了带转环的蹄绳。

看到健康成长的驼羔，邻居们啧啧称奇，称赞哈琳娜心地善良。哈琳娜微笑着向邻居们道谢。

似乎是已经熟悉了屋里舒适的环境，熟悉了和哈琳娜依偎入眠的温暖，驼羔毫无保留地表达了对她的依赖。看到她走进楼门口，马上叫唤一声，目不转睛地盯着她。哈琳娜迟疑一下，继续往楼上走。驼羔又一声短促的叫唤，哈琳娜的心疼了，这是小家伙哀怜的抗议。哈琳娜咬着嘴唇上楼进屋，隔着窗子看驼羔，驼羔腿上拴着蹄绳，不停地绕着树转圈儿，正转几圈，又倒转几圈，一边走动一边不停地鸣叫。哈琳娜的心被揪紧了，前倾着身体，额头抵在窗户上。她想冲下楼去安抚驼羔，迈步到门口又止住了。老喇嘛的话在脑际萦绕："万物皆有道，牲畜不能一直养在家里，从哪里来就往哪里去吧。"是啊，骆驼不是小猫小狗，终究不是在屋里养的，它有自己的天地，不能人为地改变了它的自然习性。眼泪缓缓地流下来，哈琳娜无力地坐在餐桌前。

夜幕降临，小区人家的灯光陆续亮了，黑夜里刺眼的灯光给驼羔带来巨大的惶恐，它的嘶鸣愈发地高亢哀伤，甚至带着些愤怒。哈琳娜坐不住了，拿上奶瓶冲下楼去。

驼羔的小脑袋一个劲地在哈琳娜身上拱，明亮的眼睛里装满了委屈。哈琳娜轻声安抚驼羔，双手不停地抚摸它毛茸茸的身体。

"哈琳娜，你这样可不行，驼羔总归要回沙漠的，你这样会害了它，也会连累你自己。"

傲云下楼说。

"阿姨我知道，我就是放不下，听它叫唤心疼得不行。"

"雏鹰总有离巢的那一天，对家太依赖了不好。"

"那咋办啊，驼羔看不见我就叫唤，我怕惹得大家睡不着觉呢。"

"丫头，你还是年轻啊，爱护小动物没错，但是不能太惯着它了，不能让她对你产生依赖。你是没经验啊，这就跟给孩子断奶一样，孩子哭得再凶，也得狠下心离开几天，等他忘记吃奶这回事就不哭闹了。"

"阿姨我懂，可是它总是叫唤，邻居们怕是有意见呢。"

"没关系的，让它叫去，叫个三两天，熟悉了环境它就不叫了，邻居们能理解的。"

哈琳娜安抚驼羔慢慢卧倒，侧躺，等到驼羔安静下来，然后才一步三回头地上楼去。只是她刚进屋里，就听到驼羔的哀鸣。哈琳娜不敢开灯，摸黑坐在沙发上流泪。

周末，哈琳娜难得主动地和莫日根一起去牧区买驼奶，回来的时候让莫日根把车停在路边，她想捡几块石头回家。

一道山沟，没有水也没有树，有的只是大大小小形态怪异的石头。莫日根无数次开车来过这里，在他看来，这条山沟，这些石头平淡无奇，戈壁滩上这样的山沟多的是，并不见得有多好看，但是，有些人却把这条山沟看成是独特的自然风景，往往进了山沟就玩得忘了时间。

哈琳娜的心情很不错，像是撒着欢儿的驼羔，山沟里东跑跑，西望望，浑身洋溢着青春的气息。她的快乐感染了莫日根，看她的眼神满是欣赏，不远不近地跟着她。莫日根注意到，哈琳娜的快乐就是因为那些石头，她关注的不是那种造型怪异的大石头，她在沟底寻找着比较光滑的卵石。这个疯丫头，她是在找可以画画的石头。莫日根突然怀疑自己的眼光了，从来没有发现这条山沟原来真的很美，那些丑陋的石头仿佛散发着绚丽的光彩，映照在快乐的哈琳娜身上，把她装点成美丽的精灵。莫日根看得痴了。

"哎，别杵在那里好不好，这块石头太大了，过来帮我抬到车上。"哈琳娜招手喊。

莫日根答应一声跑过去。一尺见方的卵石，哪用得着两人抬啊，把石头翻个个儿，双手环抱着抱上车。

哈琳娜捡了许多石头，每一块都仔细地端详，踌躇要不要带回去。莫日根不给她犹豫的机会，只要她的目光能在哪块石头上停留时间稍长一些，莫日根二话不说，抱起来就走。身体的每一个细胞都在跳跃，汇聚成无尽的力量，莫日根第一次感觉到原来捡石头是如此快乐的事。

"好了，够多的了，咱们回吧。"

"再捡几块，车上还能放。"

哈琳娜笑着摇摇头："不捡了，这么多的石头，我都发愁了，拉回去放哪呢？"

"我给你搬楼上去。"

"那不得把楼房压塌了。"

"那就先放在外头墙根底下吧，你想画哪块给我说一声，我给你搬上去。"

哈琳娜莞尔一笑："那好吧。谢谢你！"

莫日根的兴致来了，和哈琳娜说了许多话，似乎把一年的话一次性说完了。不，没说完，这条路太短，许多话还没说，这个上午时间过得有点快。

驼羔渐渐熟悉了新的环境，成了小区里的明星宠物，进进出出的人们都会朝它看几眼，孩子们更是经常围在它跟前，轻轻地抚摸，尝试喂它青草。驼羔似乎感受着孩子们的温情，极为温顺。于是，它就成了这些孩子童年最好的回忆。

哈琳娜心情极佳，在石头上尽情地描绘着她的快乐。当然，快乐的源泉就是这只美丽的驼羔，她把所有的感情投入到这个可爱的精灵身上，所以，这些天的绘画就以驼羔为素材。和莫日根一起捡来的石头全画了驼羔，驼羔在沙漠里撒欢儿，驼羔依偎在母驼身旁，孩子们亲切地抚摸驼羔，驼羔可爱的小脑袋肖像，傲云给驼羔喂奶等等。

莫日根仔细端详这些画作，每一幅画都惟妙惟肖，看不出那是一块块石头，仿佛天然的画卷。这些石头在哈琳娜的手里活了，被她赋予了生命的力量。莫日根殷勤地捡来更多的石头，哈琳娜的房间里已经没有放置石头的空间了，新捡来的石头只能堆在外面墙根底下。

周末，哈琳娜在楼下画画的身影成了一道美丽的风景，几乎所有出门的人们都来围观。有人试探着向她索画，哈琳娜很大方，微笑着转送了。莫日根看着心疼，自己辛辛苦苦捡来石头让她画画，油墨还没干就送人了，捡石头的辛苦可以不考虑，那画画的颜料可是要费好多钱呢。自己这么想着，却不便说，捡石头给她画画是心甘情愿的，至于她画好了送给谁就没法干涉了，那是她的自由。

哈琳娜把一块拳头大的石头画成了一只可爱的小老鼠，送给等待着的一个小姑娘，看着孩子雀跃的欢呼，哈琳娜开心地笑了。扭头看见莫日根在人群中望着她。

"咦，今天你没出车啊？"

"走吧，一起捡石头去。"

"好啊，反正今天也没啥事，先去市场给丙巴阿姨家买点菜带上。"

黄沙掩映的黑色公路上，莫日根摁下了放音器，《巴丹吉林》高亢的旋律萦绕在沙漠中。哈琳娜降下车窗，微笑地望着连绵起伏的金色沙漠，伸出手臂感受风的清凉。

"下次画画，别送人了。"莫日根突然说。

"怎么了？"哈琳娜诧异地问。

"好不容易画好了，干啥送人啊？"

"那有啥，反正我家里也放不下，大家喜欢就给他们了。"

"那也太便宜他们了，我听说你的这种画在大城市能卖钱呢。"

"这有什么啊，我养驼羔的事邻居们没少帮忙，我谢都来不及呢。"

"以后还是在家画吧，你家没地方放就先放我家去，反正我那也就我一个人，房子大，多少石头都能放得下。"

哈琳娜惊讶地望着莫日根，扑哧一声笑了。

驼羔康复了，渐渐熟悉了小区的环境。莫日根解开了驼羔的蹄绳，于是小区各个角落都留下了驼羔的身影。驼羔乖顺得任何人都可以亲近，成了孩子们最好的玩伴，让那些圈养在屋里的猫狗鸟宠都黯然失色，不论大人小孩，小区几乎所有的人都来与驼羔合影。甚至街道其他小区的人们也闻讯而来，只为看一眼这只传奇的驼羔，一起拍张照片。哈琳娜含笑看着孩子们和驼羔玩耍，心里乐开了花。

但是，傲云看到驼羔和人们亲密无间的样子，神情却愈发凝重。

"哈琳娜，得把驼羔送去牧区了。"

"啊，为什么呀？"哈琳娜没想到傲云会这么说。

"骆驼从来就是放养的，你不能把它这么养一辈子啊！"

"可是，可是它还小啊。"

"就是因为它现在还小，趁早送牧区去，再大一些就送不出去了。"

"那就不送了呗，我一直养着它，阿姨你看大伙都喜欢它呢。"哈琳娜天真地说。

"就是因为大家都喜欢它，它也不怕人，你才更应该趁早把它送走，骆驼是大牲口，对人太依赖了不好，再大一些你想送都送不走了，它没有自我生存能力，你说它怎么活啊？"

"可是，可是……"

"傻丫头，你想过没有，现在它还小，看着很可爱，还可以和孩子们一起玩，等它长大了呢，还有谁愿意和一个大骆驼玩啊？人都是这样，对新来的东西都很好奇，时间长了，新鲜劲儿过了就不稀罕了，谁也不会把它当宠物了，甚至看也不想看了，到时候你该咋办？现在驼羔每天也就吃几斤奶，再长大一些它就该吃草了，一只成年骆驼一天要吃多少草你算过吗，你是不是要在小区里弄个草垛啊？到时候到处是草屑，到处是驼粪，到处是屎尿味儿，还有火灾的危险，邻居们还会让你养吗？再说了，骆驼是群居动物，离群的骆驼长不大，离开沙漠的驼羔再怎么养也没有放养的那么好看。"

哈琳娜有点懵，这些她还真的没有想到，怔怔地望着傲云。

"今天早上社区和物业来过了，说居民区不能饲养家畜家禽，驼羔影响居民生活了，必须清理出去。"

哈琳娜难以置信地睁大了眼睛："啊？真的吗，阿姨你没哄我吧？"

傲云脸色微变："丫头，我哄你干啥呀，阿姨我啥时候哄过人？"

哈琳娜手足无措，双手抱紧傲云的胳膊焦急地说："阿姨，我该咋办呀？"

"还能咋办，社区和物业一起来了，说明大家对这事很重视，我看不送出去是不行了。"傲云说。

"可是，送去哪里呢？它还这么小，也不会吃草。"

"人心都是肉长的，你救活这个驼羔的事镇上都传遍了，大家都说你心肠好，可是居民区养个大牲口也确实不太合适，不然你养一个骆驼，他养几只鸡呀牛羊啥的，那不乱套了吗。物业社区来小区邻居们也都看到了，大家都在想办法呢，帮你打听沙漠里谁家有丢了羔子的母驼，能让母驼认下羔子就好了。"

"我舍不得。"

"哈琳娜我给你说，这不是你舍得舍不得的事，骆驼是沙漠的孩子，你得把它还给沙漠，总不能把它在人堆里养一辈子吧。"

正说着话，听得有人敲门。开门一看是莫日根。

"哈琳娜，我打问到了，海森楚鲁有一户人家的一只母驼前些天下了个死羔子。"莫日根急慌慌地说。

"啊，你也让我把驼羔送出去？"

"早该送走了，养绵了就不合群了。"莫日根说。

"你早就这么想了？"

"是啊。"

哈琳娜面带愠色："那你不早给我说？"

"我……"

莫日根一头雾水，尴尬地望一眼傲云。

傲云说："哈琳娜，这事不怪莫日根，前几天我就让他打问了。"又朝莫日根问："你说的该不是海森楚鲁的哈达家吧？"

"嗯，就是哈达家，我打电话和哈达说了，他说可以送过去试试，还说这个羔子要是能活下来长大了也还是我们的。"莫日根回答。

傲云点点头，说："这就对了，哈达家放了好几辈子骆驼，送他们家错不了。"

哈琳娜朝莫日根翻个白眼："那怎么行，海森楚鲁离这里一百多公里呢，我不去。"

傲云给莫日根倒杯水说："这可是个好机会，现在想找个奶母驼可不容易。哈琳娜，我要是你就把羔子送过去。"

"可是……"

"去吧哈琳娜，牧区才是驼羔真正的家。"傲云劝道。

海森楚鲁峡谷深处，一峰母驼嘴喷白沫绕着一块石头不停地走动，不住地哀叫，不让任何人走近。

"是它的第一个羔子，驼羔生下来就死了。今天是第五天，办法用尽了，就是不回圈，也不合群。你们看骆驼的身体明显不如以前，我已经做了最坏的打算了，长生天真要收它走，我也没办法。骆驼最重情义，以前我们家有个小羔子死了，母驼守在那里不吃不喝一个多月，最后也死了。"哈达说。

哈琳娜："如果它认下我的驼羔，是不是就好了。"

"要是能认下，那还说啥呢，就怕大驼小驼都认生。母驼一般不认其他驼羔，不要说吃奶了，羔子靠近都不行。不过，也有认下的，一旦认下了，就当成自己的羔子了。"

"它会不会认下我的羔子呢？"

"谁知道呢，看运气吧。要是成了就救了两个骆驼了，要是不认，我看这两个骆驼都悬。不管咋说，试一下吧。我去牵母驼，你们把驼羔赶过来，看母驼让不让吃奶。"

哈琳娜没想到性格温顺的骆驼居然也可以如此暴躁，小时候阿爸调教生羔子也没有这么困难。母驼可能是把那块石头看成了它的孩子，来回环绕着怒视人们，嘶鸣着不让任何人靠近。哈达朝前走几步，母驼立刻摆开攻击的架势，大声地叫唤，嘴里的白沫子喷了他一身。哈达嘴里念念有词，尝试着安抚它，却不能如愿，母驼似乎忘记了这个主人，以敌对的态度防范。哈达双眼盯着母驼，慢慢地向它靠近，母驼两条前腿岔开，压低身体伸长了脖子，同样瞪大了眼睛与他对峙。

这是人与驼之间的一场较量，人有人的攻略，驼有驼的守势，竟然不分高下。哈琳娜紧张地抱紧驼羔，在牧驼家庭成长的她很清楚，驯服骆驼不能光靠蛮力，那样的话只会让母驼更为反感，有可能受惊而不下奶。真要那样，再多的努力也没啥意义了。看着母驼一副拼命的架势，哈琳娜的心在颤抖，宁可不要它认下驼羔，也不愿刺激一个失去孩子的母亲的心。哈琳娜想喊，喉咙里仿佛堵了什么东西，使她发不出声来。眼泪无声地滚落，滴在驼羔的毛发上。

僵持半天，哈达取下身上背着的缰绳。

母驼依旧保持之前的姿态，前腿岔开，脑袋冲着哈达，低沉地嘶吼戒备。

哈达目不转睛地盯着母驼的双眼，嘴里安抚着，一边把缰绳朝母驼前蹄下甩，母驼随着他的动作移动脚步。哈达一次次地把缰绳朝驼蹄甩过去，逼迫母驼移动脚步，打破它的守势。终于，缰绳套住了母驼的一只前蹄，哈达拽紧了缰绳使劲拉，母驼则蹬着腿往后撤。最终还是人占了上风，哈达拽紧缰绳一点点地朝母驼走近，终于来到母驼跟前，一手抱住它的脖子，一手在它前峰坡上不停地抓痒安抚，让它慢慢地平静下来。

时候到了，莫日根和哈琳娜推着驼羔慢慢地朝母驼走去。驼羔的记忆里依然有着吃奶的本能，小脑袋很自然地朝母驼胯下伸过去寻找乳房。哈琳娜欣喜无比。啊，我的驼羔，终于可以吃到母乳了，迈出这一步，你就不再是孤儿了。

但是，谁也没有想到，就在驼羔的嘴刚刚碰到母驼乳房的一刹那，母驼突然跳起来甩开了哈达，后蹄抬起使劲猛踢，莫日根大叫一声跌倒一旁。母驼挣脱了束缚，却不跑开，冲他们瞪眼嘶吼。

哈达扶起莫日根："你没事吧？"

哈琳娜怕母驼伤着驼羔，赶紧护着驼羔离开它的攻击范围。

莫日根揉揉肩膀："好悬，幸亏我躲得快，不然踢头上了。这个骆驼，真的疯了。"

"生羔子，野得很，不能再刺激了，先回屋吧。"哈达摇头叹气。

哈达的家在海森楚鲁峡谷尽头的山坡下。世代牧驼，哈达和他的家人熟知驼的秉性，都不看好母驼能认下驼羔，对母驼不吃不喝也无可奈何。

哈琳娜默默地坐在炕沿上，明亮的眼睛失了神采，满满的失望。

"不是说有过这样的事吗，以前是咋做的？"莫日根问。

"还是在我小的时候，我们家有个母驼生下羔子后不认羔子，阿妈唱了三天三夜的劝奶歌，母驼才把羔子认下了。"

"那你今天咋没唱呢？"

"我不会唱，这种情况不多见，那时候也没想着学，那歌子太伤心了，能把人听哭。不认羔子的骆驼不多，很少有人唱，现在只怕很少有人会唱了，反正我是再没听过。再说了，那是母驼自己的羔子，不是亲生的就更不好说了。"

一顿饭吃得索然无味，哈琳娜心里像是装了个大石头，沉得抬不起头来。

"要不，就把驼羔给哈达大叔家留下吧？"莫日根试探着问。

哈琳娜抿着嘴唇望他一眼，没有说话。

莫日根望向哈达："把这个羔子给你们丢下吧，你们家骆驼多，每天挤些奶就能把它喂活。"

哈达淡淡地说："现在放骆驼不像以前了，多一个少一个又能咋样，谁有那闲工夫。"

哈琳娜失望地扭头望向窗外。远处，一群骆驼排成长长的一溜朝峡谷走去。

"下午再试试吧，实在不行我也没有办法。"哈达说。

傍晚，峡谷里渐渐有了湿气，山岩下躲避酷热的驼群陆续走出峡谷。哈琳娜和莫日根跟着哈达又来尝试一次，依旧没能成功。这峰母驼敌视所有的一切，谁都无法靠近，愤怒的吼叫惊吓了幼小的驼羔，一声声的哀叫带了无尽的恐惧和哀怜。

"嗨，遇上这么个生家伙，没办法了。"一番折腾，哈达精疲力竭。

"大叔，那你看这个羔子，能不能帮着养啊？"

莫日根给哈达点上一支烟。

"留下吧，来都来了，总不能再拉回去吧，拉回去你们又能咋办呢？"

"能喂活吗？"哈琳娜不放心地问。

"就得专门喂了，死倒不至于，但是肯定长不过其他的羔子，吃亏太多了。将来合不合群也不好说，没娘的孩子受欺负啊！"

"啊？"哈琳娜下意识地抱紧了驼羔。

"喂大一个驼羔不容易，就和伺候娃娃一样，麻烦得很。"

"那只母驼呢？不会有事吧？"

"没救了，这才五六天的时间，驼峰也塌下去了，估计也没多少日子了。"

"啊？你是说，那个骆驼活不下了吗？"

"活不下了，母驼太伤心了，五六天没喝水，这么热的天，熬不过几天了。唉！"

哈琳娜怔住了，转身望着那峰母驼。

黄昏，峡谷里完全暗了下来，只在上方的岩石上留下一抹金色。

"走吧，天黑了，回家吃饭，明天早上你们再走吧。"

夏夜闷热，门窗都敞开着。听着屋外孤独的驼羔一声接一声哀伤地鸣叫，哈琳娜心痛得颤抖。远处，隐隐有驼的悲号，声音很小，却直击她的心房。哈琳娜知道，那峰母驼也在彻夜不停地哀号。那是一个失去孩子的母亲哪，呼唤着自己的孩子回到它的身边。驼羔的哀鸣扰乱了哈琳娜的心神，那忽远忽近的悲号揉进了夜的黑暗。

迷迷糊糊地睡了会儿，哈琳娜躺不住了，起身下炕，悄悄走出屋去。借着星光，哈琳娜看见她的驼羔孤独地站在柴垛旁，拉长了声音哀号。哦，我的驼羔，我的宝贝，哈琳娜的眼睛湿润了，快步奔过去抱紧驼羔。驼羔像个委屈的孩子，小脑袋拱在她怀里，嘴里发出哀哀的呜咽。

"哦，我的宝贝，对不起啊，我不该把你一个人丢在外面，想家了吗，好啊，天亮我就带你回家，管他们咋说呢，你就是我的孩子。你呀，黑天半夜的，老叫唤干啥呢，我就在你跟前啊。其实这才是你的家啊，傲云阿姨说你的家是在沙漠里，沙漠才适合你成长，我也是这么想的，可是，我怎么舍得丢下你呢。小东西，你太坏了，你把我的心偷走了。"

哈琳娜的脸贴在驼羔的脑袋上。

远处，那峰母驼的悲号隐隐约约，仿佛得到某种感应，驼羔脑袋扭向那边深邃的黑暗，应答似的叫了一声。

"怎么，你也听到它的声音了吗？你是在答应它吗？其实，你们都是可怜人，它没了孩子，你失去了妈妈，你们应该好好相处才对啊。怎么，你想去看看它吗？你忘记它差点踢到你吗？好吧好吧，我们一起去看看吧，你听它哭得多伤心啊！"

星光璀璨，哈琳娜小心翼翼地朝峡谷走去，驼羔紧紧地跟着她，不时鸣叫一声。

峡谷中拐了个弯，母驼的悲鸣愈发地清晰了，哀伤的声音在峡谷中回荡，给即将到来的黎明抹上一股悲凉的气氛，甚至让人从心底里生出一些恐惧。哈琳娜蹑手蹑脚地朝里走，却感觉自己的脚步愈发地沉重，身上汗涔涔的，呼吸也不通畅了，就好似什么东西压迫着她的神经，阻挡她前进的脚步。哈琳娜扶着峡谷崖壁停了下来，汗水湿透了全身。驼羔毛茸茸的小脑袋朝她身上蹭了蹭，紧紧地依偎着她。

"哦，我的宝贝，你怎么了，肚子饿了吗？"轻轻抚摸这个可爱的生灵，哈琳娜的恐惧慢慢散去，"肚子饿了怎么办呢？昨天带来的奶都叫你吃完了，等天亮了哈达大叔才挤奶呢。"驼羔甩着脑袋叫唤一声，似乎在表达它的不满。哈琳娜笑了："你这个小家伙啊，脾气还不小呢。忍忍吧，天亮你就有吃的了。你听，听到了吗，那个母驼还在那里哭呢，哈达大叔说再这样下去它就会死了，你听你听，它哭得多么伤心啊，把人的心也揉碎了。走吧，我们过去看看它吧，说不定你能救了它，说不定它也会认下你。"驼羔向着声音来处短促地叫唤一声，抬蹄朝前慢慢地走去。

天色渐亮，母驼仍旧站在那块石头前，身体一动不动，仅是昂首一声接一声地悲号，像一尊活着的雕像。

哈琳娜扶着驼羔慢慢走近，母驼依旧悲号，无视她们的存在。然而，当哈琳娜走近那块石头时，母驼动了，伸长了脖子愤怒地注视着她嘶吼，嘴里吐出的白沫子差点喷到她的脸上。驼羔惊惧地跳了一下，哈琳娜赶紧护着驼羔退后几步。

哈琳娜轻轻地抚摸驼羔的身体，眼睛却注视着母驼，从母驼的眼睛里，她看到了哀伤，看到了愤怒，也看到了绝望。难道就眼睁睁地看着它这么不吃不喝地死去吗，哈琳娜的心像被谁揪住了，疼得身体打战。这是一个可怜的母亲啊，泪如泉涌，哈琳娜的眼睛模糊了，却清晰地看到了永远都忘不了的那一幕：阿爸阿妈仰面躺在血泊中，幼小的哈琳娜被卡在后面动弹不得，大声地哭喊着，阿爸阿妈却再也没有应声……

　　　群星闪耀的天空

　　　流星从我的门前飞过

　　　想念亲爱的妈妈

　　　我在睡梦中哀伤地哭泣

烈日蒸腾的沙漠

狂风迷漫了我的眼睛

阿爸的身影早已模糊

眼泪还没流下就被吹干

秋风吹过了草原

露水沾湿了我的衣裳

留念妈妈的怀抱

为我遮挡风雨的袭扰

白雪飘零的戈壁

冰雪打疼了我的脸颊

失去亲人的孩子

在荒野里哭泣徘徊

你在哪里啊亲爱的妈妈

你可听见我的呼唤

没有你我该如何长大

离开你我该去向何方

来看看我吧我的阿爸

你可听见我的哭嚎

前头还有七十六座沙梁啊

前头还有跨不过去的大河

太阳升上山顶，霞光穿透岩石从峡谷缝隙里插进来。哈琳娜的歌声如泣如诉，忧伤的曲调在峡谷里萦绕，悲号的母驼停止了嘶鸣，哀伤的驼羔不再哭泣。闻声而来的哈达和莫日根被峡谷中奇异的景象震颤了，不由停下了脚步。金色的阳光映照在彤红的崖壁上，哈琳娜和母驼及驼羔通身散发着圣洁的光辉。

哈琳娜全然忘记了自己身在哪里，她的意识已被深深的思念装满，她的心房盛着无尽的哀伤。这首歌曲她从未唱过，仅仅听到过老人们哼唱的曲调，原本并没有歌词，母驼失孤的悲怆与驼羔孤独的哀鸣使她想到了自己的伤痛，同样的不幸，意识中有着某种共性，心灵隐隐有着某种沟通，她把自己对阿爸阿妈的思念唱了出来，唱给自己，也唱给母驼与驼羔。她深陷哀伤中无法自拔，她没有注意到母驼在她的歌声中安静下来，驼羔居然主动走向母驼，哀怜般地凝视。一曲唱罢，尤不能排遣心底的哀伤，哈琳娜一遍又一遍重复地唱着这首现编的歌。

莫日根的眼睛湿润了。哈琳娜的歌声像一条流动的溪流融进他的血液，像一根圆润的皮绳紧紧地束缚了他的心灵，痛得打战。奇迹，就在眼前发生，莫日根突然听到母驼一声长长的嘶鸣，仿佛悠远的呼唤，又似一声无奈的叹息。然后，他看到母驼黯淡的眼睛忽然有了光泽，脸颊上成串的泪珠滴落。同时，他看到驼羔居然也是泪眼涔涔，主动朝母驼走了两步，亦发出一声长长的叫唤，叫声里饱含无尽的委屈。

骆驼泪？骆驼哭了！

"莫日根，快，你把驼羔推过去。"

哈达推一把呆愣的莫日根，嘴里啧啧有声，朝母驼轻轻地走过去。

母驼没有反抗，静静地接受哈达的安抚。驼羔熟稔地找到了母驼的乳房，立刻贪婪地吮吸起来，身后的小尾巴调皮地甩动。

哈琳娜软软地跌坐在沙地上，泪眼长流，脸上却呈露微笑，泪水装满美丽的酒窝。

草儿青草儿黄

巴图础鲁

　　"你要敢把房子拆了，看我不打断你的腿！"

　　浜提来①说这话的时候并没有看着我，把烟蒂在炕沿上揉灭，装在炕上的空烟盒里。我知道我的工作又是白做了。浜提来盘坐在炕上，微蜷着身子，眼睛眯成一条缝，望着对面某个地方，好半天没有动一下。我太熟悉他的这个姿势了，不仅是他，我接触过的许多老年牧民几乎都练就了这样的坐功，往往一坐就是个把小时，有时需要一包烟，有时是熬浓浓的一壶茶，就那么老僧入定般望着某一方向。或许他们内心波涛汹涌，表面波澜不惊；或许他们放下一切，享受浓茶烟雾中的恬淡。浜提来现在什么感受我不知道，我听到自己喉头响了一声，这也是我潜意识的一个反应，是对某件事情失望

---

① 浜提来：蒙古语，与文中阿拉腾桑、巴图础鲁、哈斯、萨日娜、舍楞、琪琪格等皆是蒙古族人名。

的一个肯定。从早上说到中午，喝罢早茶吃午饭，我心里急得冒火，却等来这么个结果。我明白浜提来这句话的分量，绝不仅仅是给个警告，从小到大，我对他言听计从，从来不曾忤逆。而且，我深知浜提来向来说一不二。但是，这次不同往日，我必须要打一次攻坚战，他就是我必须攻破的堡垒。只有得到他的支持，后面的工作才好开展。巴音温都尔现在只剩下四户人家，除了阿拉腾桑两口子四十来岁还算年轻以外，另外两户也是和浜提来一样的老年人。儿女们不愿继续跟在羊群后头消磨时光，所以去人多的地方闯荡，只留下老人们守着世居的草场，放养百十来只羊自给自足。这几家好像商量好了，谁也不肯从草场上搬出来。光是这个月我就下来三次，嘴皮子快磨破了，谁家也不点头。他们都是我的乡亲，我的长辈，我不能发脾气，甚至不敢有一点点的不耐烦。这回那几家态度稍微松动了些，就一句话，你去说说浜提来吧，你要是能说动他搬家，那我们就搬家。得，又回到起点了，我还得从自家人开始做工作。我没法不着急。上头给的任务具体而明确，各苏木镇的干部们拿不下各自包管区域的任务，那就别占着那个位子，让有能力的人去做。这样的话领导们经常说，也没见把谁怎么样。但是，这次不一样，新时代新牧区建设是一项重要的民生工程，从上到下，层层包干，点对点落实，绝不允许打折扣。

浜提来端起茶碗抿一口，眯眼望着对面的墙壁。或许他什么也没看，只是思想在别处拐了个弯。我朝哈斯递个眼神。

"阿爸，我们还是搬家吧，在这里住了一辈子还没住够啊。不去牧民新村也行，去旗上享享福吧，我们想在旗上买套房子，过几年萨日娜就该上中学了，我们两个都在镇上工作，得你去给萨日娜做伴呢。"

浜提来眯眼看女儿："咋？我辛辛苦苦把你们拉扯大，还得管小的啊。自己养的自己管去，我老了，没心劲儿了。"

哈斯给他捶背："阿爸，看你说的，好似我们亏欠了你似的，我还不知道你，这两天你天天埋怨我们没把萨日娜领来，现在又说不想伺候她了，你哄谁呢？阿爸，这回真的得搬了，不然巴图础鲁就得挨批了，说不定我们俩的工作都保不住呢。"

浜提来享受着女儿的孝顺，眯眼望着对面。

"住了一辈子了，我不想搬，你们的事情我管不着，丫头的事情等上了中学再说。再和我说拆房子的事你们就别来了。"

"阿爸！"哈斯生气地在他身上捶了一拳。

没戏，亲情也打动不了他。我放下茶碗，起身下炕。

"阿爸，那就这样吧，您再考虑考虑，出来三天了，我得回镇上了。"

"你说牧民不放牧还能干啥，进城就过上小康日子啦？"浜提来突然说。

有门儿，我赶紧把已经踩着地的双脚提起来，盘腿坐好，给他续茶。"所有的事情政府都安排好了，已经在镇上统一盖了房子，家家一样的标准，房子后面都给盖了羊圈，政府鼓励圈养，圈养省事，不用散养那么麻烦。"我注视着浜提来，他也望着我。

"多少年了，先人们就是这么放羊的，没听说过把羊圈起来不让吃滩里的草的。"

"要我说还是圈起来好，您看看这里，三年下不来一场雨，地上连个臭蒿都长不高，再这样下去，这些乏羊都保不住。政府是给我们落实脱贫致富的好政策呢，帮助我们改变经营模式，集中居住，集中圈养，不光解决我们的生产生活问题，让我们过上城里人一样的日子，而且还能恢复草原自然环境，维护生态平衡，这可是利国利民的大事。"

"圈养不像散养，草呀料呀的都得买，那也得钱啊。你说公家给每家盖了多大的羊圈？能圈上百八十只羊最多了，一年能出栏几个，能养住个家？"

哈斯继续给他捶肩："咋就养不住家啊，放牲口的享受着退牧还草的政策，每人每年都有一万多块的草场补助，家户大的一年下来光草场补助费就七八万，生活管够了。再说政府统一给大家盖房子花了多少钱啊，还给拉电供水，家家户户安装太阳能热水器，想啥时候洗澡就啥时候洗，只要拆了旧房子就能住进来，想去旗上住的还给补助安家费，那些城镇户的想要还轮不上呢，这样的好日子你不稀罕？多少辈子了，我们一直跟着牲口屁股跑，得替娃娃们着想了。"

"娃娃们的事情我不管，谁养的娃娃谁管去。反正我不搬，就是死我也死在自己的草场上。"

浜提来说着伸腿下炕。

我没有坐下去的必要了。

"您还是考虑考虑吧，上面既然要求这么做就有这么做的道理，和公家这么扛着也不是个办法。哈斯这几天没啥事，多陪您住两天。"

"有啥可考虑的，我在这里住了快六十年了，一辈子就快完了，还是消停些吧。础鲁娃子，这事你就别操心了啊，就是死我也不让你拆房子，不光我的房子，你阿妈的房子也不许拆！我不搬其他人家也不会走。好好干你们的工作，等放假了把萨日娜给我送过来。"

我嘴上答应着，心里却犯嘀咕，你都撺掇牧民们一起和政府对着干了，我能好好工作吗我，连自家人的工作都做不通，还能干成个啥，恐怕第一个被撤职的就是我。

好久没下雨，地面稀疏的植被渐渐发黄，戈壁滩上一览无余，就牧业而言，这是一片贫瘠的土地。我不清楚我的先辈咋就选了这么个地方放牧，百十来年一直没有挪过窝。我是本地人，就出生在这里。童年留给我的记忆除了这片草原和我的家，只有寂寞和恐惧。妈妈又在骂人了，骂得很难听，骂着就把手里的茶碗扔出去，在院子里滴溜溜地转；妈妈又打我了，打得特别狠，好像我不是她的孩子，把我一把提起来丢在门外任我扯开嗓子哭号；妈妈又在哭泣了，哭得很伤心，把我紧紧地搂在怀里，脸贴着我的脑袋泪水湿了我的头发。我怕妈妈，我怕她哭，怕她笑，不管是哭是笑，绝不是高兴，就是抱着我凝视我亲吻我的时候，她的眼里也看不到一点欢喜。除了放羊，更多的时候她就发呆，定定地望着一个方向，似乎要把远处的大山和沙漠望穿。这个时候我是绝对不去打扰她的，桌子上有吃的就抓一块吃，没吃的就去和羊羔玩。我和羊羔说话，我把羊羔当自己的孩子，自己扮演妈妈的角色，一次又一次地让羊羔顶倒，爬起来继续玩。有时候我也会想，在妈妈眼里我可能就是个多余的人，我在错误的时候、错误的地点，错误地来到了这个错误的世界、错误的家。如果，还能称为一个家的话。姥爷姥姥什么时候没的我已经记不清了，记忆里他们也曾给过我疼爱，只是他们走得太早，只留下妈妈和我相依为命。除了妈妈，我唯一熟悉的人只有浜提来。浜提来是我们家的常客，来了就不见外，饮羊、出粪、抓绒、修圈、接羔，什么活都干，有时候也住在我家。但是，我知道妈妈不喜欢他，无数次和他争吵，无数次把他骂走，还曾经动过刀子。然后，妈妈就会哭泣，趴在炕上、坐在灶火前、伏在门框上，悄无声息地哭，期期艾艾地哭，呼天扯地地哭。我不理会他们的争吵，我也不在意妈妈哭泣，我继续和羊羔玩，和羊羔说话。大人有大人的生活，我有我的世界。

前面那个黑山头底下就是我的家，很不起眼的两间土房子，我出生时什么样子现在还什么样子。雨水少也有少的好处，对土坯房子破坏就小，山脚下避风，减弱了沙尘暴的侵袭。我很少回来住，回来干什么呢，妈妈走了，这还是个家吗？百十来只羊，到我上大学就被浜提来变卖得一只不剩了。妈妈走后浜提来是我唯一的依靠，他包揽了我的一切事情，包括供我上学操持我成家。

没有牲口攘踏，青黄的草儿铺满了山坡，一直铺到家门口。门上的锁头用塑料袋包着，窗户上的玻璃依旧完整。屋后山脚下石头砌的羊圈也还是老样子，圈墙整整齐齐，一块石头也不少。挨着羊圈的柴垛不见了，估计是被捡石头的人点了篝火。再就没有什么了，我注视着羊圈，停下了脚步。这里是我童年的乐园。咩咩的叫声此起彼伏，我把圈门打开，把羊羔们放出来，看羊羔们快乐地蹦跳，和它们一起在地上翻滚。妈妈背着水鳖子走来了，汗水顺着脸颊往下滴，取下头巾擦擦脸头巾就湿了。础鲁娃子，把羊羔赶去井上饮水。我答应着朝井上跑。不用我赶，羊羔们跟着我往那边跑，超过我，蜂拥而去。妈妈在身后喊，不要揭井盖，不要在井沿上玩。我拉着长长的声调答应着朝前跑。地面上到处是石头，红的黄的绿的黑的，拳头般大大小小铺了一层。我光顾着跑，没留心脚下，被石头绊倒了，爬起来跟着羊羔继续跑。那时候谁也不知道那满滩的石头居然是宝贝，留在现在每一块都能卖几十块钱，上千上万元的也多的是，不是有一块小鸡出壳的石头吗，据说价值一个多亿。只是现在已经看不到那种彩色的石头了，这里曾经热闹过，无数人涌了进来，扫荡一般把地皮搜了个遍，现在全国各地的玩家手里都有我们这里的石头，宝贝似的向人炫耀。他们有炫耀的资本，我们是守着金疙瘩不识货啊。等牧民们反应过来，好石头已经被人家捡拾得差不多了。

水井在前面的山沟里，山沟里有几棵老榆树，老得不知道多少年了，距离很远，彼此遥望，给这黄沙裸露的山沟留下一点绿荫。两棵枯死的榆树倒伏在山沟边上，树干森白。水井在一棵山榆下。这是这条沟里最大的一棵树，树干粗壮，得几个人合抱，树冠巍峨，圆咕隆咚像个绿色的馒头，是人畜乘凉的好地方。夏天的时候，每天中午喝足了水，牲口们就挤卧在树荫下，等空气不那么热了才继续去滩上觅食。运气好的大牲口，比如骆驼抬头还可能吃到一两片树叶。也不知道从什么时候开始，这棵老榆树底下的枝叶全被牲口吃光了，就像谁用剪刀把树枝修理过，树冠下整整齐齐，树枝离地面等高，正好一峰骆驼的高度，也只有骆驼伸长脖子才有可能够到一两片树叶。水井是用石头砌起来的，比地面高出一尺，井口盖着一块汽油桶铁皮，铁皮上压着一块石头，石头并不是很大，刚好我搬不动。井边支着一个水槽。水槽是木头做的，把一棵老榆树掏空了树心。戈壁滩上这样的山沟到处都是，有人住就有这样的水井，有水井就有这样的水槽。水槽是满的，倒映着蓝天白云。羊羔们奋不顾身地朝水槽上挤，埋头痛饮，瘪瘪的肚子很快就鼓了起来，水槽里的云朵被拉散了，最后彻底地消失了。更多的时候，这里留下的是妈妈的身影。妈妈从老榆树上取下水兜子，帆布做的那种软兜，站在井边一下一下地打水倒进水槽里。羊群喝起水来就没个完，妈妈的头发湿了，妈妈的衣服湿了，汗水滴在井沿上，滴在水井里。我趴在井边想朝里看一看，妈妈一脚把我踢开。妈妈拎着我的衣领把我按在井沿上，看看，跌下去不淹死你才怪！我没有看到井里有什么，眼泪糊住了我的眼睛。我哭够了，羊群也喝饱了。妈妈把水井盖上，压上大石头。妈妈坐在我身边，把我拉在怀里。娃子，一个人说啥也不能来井上，不要在井边上玩。你要有啥事，我也没活头了。妈妈的眼泪滴在我脸上。妈妈望着远方，自言自语，我得把你好好端端地交给他。我伸手给妈妈擦眼泪，妈妈的眼泪是口井，怎么都擦不干，我感觉到妈妈的身体剧烈地颤抖，我听见妈妈扯开声来嘶哑的哭声。

井口还是原来的老样子，汽油桶铁皮井盖早就锈通了，浜提来在废轮胎上绑了几根木棍，缝了一块旧毡子盖在井上。井上没有水槽，我记得浜提来换过一个铁水槽的。没有羊群，这口井已经失去它原来的功能了。那个水兜子还在，依然挂在老榆树上，还是那样的绿帆布水兜子，不知道是第几个了，晒得发白了。井水依然清冽、甘甜。老榆树依旧葳蕤，树上挂满了各色经幡和哈达，随风舞动。我在树下伫立很久，我忘记了时间，忘记了空间，我记起小时候跟在妈妈后面，绕着树一圈一圈地转。妈妈说这棵树是神树，它能听得懂我们说话，告诉长生天我们的愿望。妈妈说每天绕着神树转上三圈我的阿爸就回来了。树上的第一条哈达是妈妈系上的，树上的第一条经幡是妈妈挂上的。妈妈偶尔会抱着树，紧紧地贴着树干，眼泪流在树皮上。我问过妈妈，我的阿爸在哪里，我的阿爸什么时候回来？有时候妈妈会抚摸着我的头说，你在心里想着阿爸，阿爸就快回来了。有时候妈妈会粗暴地把我拨拉到一边，恨声恨气地说他死了，再也不回来了。妈妈的样子很凶狠，眼睛里着火一样，让我很害怕，从此我再也不和她要阿爸。但是我知道，我是有阿爸的，他去了很远很远的地方，他死了。我从怀里取出天蓝的哈达，我唱着妈妈教我的古老的祈福歌，双手捧着绕老榆树三圈，我把哈达系在树枝上。没有风，哈达垂下来摩挲着我的脸庞。细腻的丝绸像妈妈的手，轻柔地抚摸着我，我翻个身，妈妈伸开手臂把我搂在怀里。我想就这么在妈妈的怀抱里长睡。那时候多么不懂事啊，妈妈动一下我就醒了，我想翻身坐起来。础鲁娃子好好睡，妈妈把我按在被窝里，轻轻地拍抚我的身体，唱起朦胧的歌谣。妈妈睡着了，我趴在炕上看窗户外的星星数指头。

"师傅，你好啊！"

听到喊声我转身看见两个人在水井那边望着我。他们什么时候来的我竟然没有察觉，一辆白色的越野车停在旁边。

"你们是谁？"我注视着他们的眼睛，"咋到这地方来了？"

"我们，我们就来这里看看。"

"捡石头的？这地方的石头早就叫你们捡光了，咋还来？"我的语气很不友好。和所有的牧民一样，我对来戈壁滩上捡石头的人很反感。不怪他们拿走了我们的财富，只因为他们捡石头破坏了这里原本就脆弱的生态。

一人爽朗地笑了："捡石头？哈哈，对，过去这里确实到处都是五颜六色的石头，那时候我们可不知道玩石头，现在想玩也没机会了。不过师傅你误会了，我们不是捡石头的，就是来看看。"

我就这么很偶然地认识了老聂和舍楞。舍楞是旗公安局局长，去旗里开会的时候我见过他坐在主席台上。天不是很热，舍楞从车上取下一些食品和水，我们坐在树荫下边吃边聊。舍楞和老聂年轻时曾在这里服役，放了一年羊。老聂刚刚从部队离休，惦记着当年战斗过的地方，和他一起回来访旧。

"基本没变啊，还是那几棵树，琪琪格家的房子还是老样子。

物是人非，我们老喽。"老聂说。

老聂的话让我心惊，他们……他们居然知道我妈妈……

血往上涌，脊背上出了汗，冷汗。我目不转睛地望着他俩。

"巴镇长，有件事我想问问你。"老聂忽然转向我说。

"啊？哦，你说。"

"你是本地人，你多大了？那时候应该还没有你。"老聂说，"我们那会儿在这里放羊，一个战士和地方上一个放羊姑娘搞对象，生了一个孩子。这事儿你听说过吗？"

"呃……"我口干舌燥惊愕地张大了嘴巴。

"琪琪格很漂亮的，我们称她是戈壁滩上的红柳花。"

老聂说着转头望向远方，远处的那个黑山头，那是我的家啊。我大张着嘴，泪水在眼眶里打转，终于来了，妈妈，他来了，他终于来了，我感觉自己从没有过的委屈，眼泪很不争气地淌下来。

"也不知道琪琪格和那个孩子怎么样了？"

"巴镇长，巴镇长你怎么了？"舍楞拍拍我的肩膀，"巴图础鲁，你怎么了？该不会是……老聂……"

老聂抱着我的双臂："你，你是……"

"我，我就是那个孩子！"

我大声地喊了出来，随着我的喊声一起磅礴的是我的号哭，巴音温都尔不是不下雨吗，今天我就下个够。我有理由这么喊，三十多年了，我终于盼来了阿爸。等等，他们，是我的阿爸吗？或许不是，但他们是阿爸那边的人，他们会给我阿爸的消息。妈妈，妈妈啊，他来了啊，你没等到那一天啊！

聂建国

那一年我只有十八岁，新兵训练结束被分到了畜牧班，仅仅一个礼拜，我对神秘西部的新鲜感就被磋磨得一点儿不剩了。那时候这个地方和现在一样，也是这么荒凉，几乎见不到人。现在这里通了高速公路和铁路，那时候连条像样的公路都没有，只有一条沿边境线修的简易战备路。想想也挺搞笑，张振山说这条公路一直通到北京，边境上有啥情况北京立刻就知道了，马上增兵过来。我不信，北京离这有多远啊，边境如果真的有事，等援兵来，这里的人早就死翘翘了。让人绝望的是畜牧班偏僻得连战备路都够不着，四个战士住在山沟里的一间土房子里，冬天极冷，夏天酷热。张振山是班长，他说这条件算好的了，以前他们住在旁边的地窖子里，这间土房子是他和战友自己倒土坯、自力更生盖起来的，地窖子当了库房。我们的工作是每天出去放牧，连队交给我们二百三十九只羊、一头骡子和三头毛驴。我们得保证牲口不能死亡而且膘肥体胖。连里是这么要求的，但真要做到可不容易。我们只能尽可能地做到牲畜不要有非正常的死亡，为了让牲口吃饱肚子，只能赶它们去更远的地方觅食，这片戈壁上石头比草多。刚到班上那些日子，我整天想着的就一件事，怎么才能远离这个兔子不拉屎的地方。我曾经跑过一次，走了十几里地就后悔了。没有给养，没有方向，再往前走那就是死路一条。往回走的时候遇上迎面而来的张振山，他一脚踢翻我，说："我看你小子能跑到哪里去！"我是哭着跟在他后面回来的。

　　畜牧班只有四个人，班长张振山，老兵马新军，我和舍楞是新兵。四个人分两组轮流放羊，留在家里的负责做饭，照料圈起来的病畜和幼畜。幼畜要加餐喂料，头天晚上班长在脸盆里泡的豌豆或者玉米粒；病畜也要开小灶，还得给灌药。张振山和当地牧民学的经验，牲口有个啥病他能猜个八九不离十，从牧民家里讨来大黄、甘草等草药熬成汤装在空酒瓶里一个一个地给牲口灌。然后进羊圈出粪。这是个技术活，不是把羊粪直接从圈里挖出来那么简单。张振山拿一把方头铁锹在圈里被羊踩踏瓷实的粪上划上无数个一尺见方的格子，用力把铁锹沿边线踩下去十几公分深，连撬带铲地就弄出来一块方方正正的羊粪砖。这活儿技术含量高，我试着弄了几下，捣鼓不出来。张振山从我手里夺过铁锹，稳稳当当地做砖，让我把起出来的羊粪砖抱出去，整整齐齐地摞在羊圈迎风面。羊粪砖松散而沉重，那股羊膻味和尿臊气熏得人几乎闭了气。我干活不扎实，掰烂了两块粪砖，少不了被张振山骂几句。后来我才知道，畜牧班放牧虽然远离连队，却比在连队自在得多，也不见得就比连队有多寂寞。巴音温都尔在我眼里是一片荒凉的戈壁滩，却是一片真正的牧场，七八家牧民散居在这片区域。离我们最近的牧民是乌兰琪琪格家，和我们只隔着一条山沟，我们在西南，她家在东北。巴镇长，噢，我还是叫你的名字吧，巴图础鲁是啥意思，坚硬的石头？其实你的小名就叫石头。刚才我看过了，你们家还是原来的房子，一点儿变化都没有。从你家过这条山沟到我们畜牧班也就三四里地，往北走三十来里是浜提来家。浜提来还在放羊吗？那个家伙可是个摔跤能手。这地方缺水，只有老榆树底下这口井。我们每天饮羊就在井上，和琪琪格家的羊群混在一起。舍楞你知道吗，后来我为啥不想着跑了，就是因为我们和琪琪格家近，每天早晚赶着羊群经过都能看到琪琪格，中午饮羊的时候还能和她说会儿话。张振山说这里原来是一处水洼，不论春夏秋冬白天晚上，总是满满的一洼水，牲口们轮流喝水，喝干了等些时候水就又渗满了。后来干旱，水位下降，水洼干了，前任老班长和牧民一起挖了这口井。

张振山什么时候和琪琪格好上的我不知道，也许在我来班上之前他们就好了，也许是在那以后我没看出来。每天从家门前过，琪琪格把我们的工作规律掌握得清清楚楚。只要轮到我和张振山放羊，琪琪格便把自家羊群也赶去我们那个方向，次日我们整理内务或修理圈舍，她就不去放羊，跑来我们住处一起干活一起说笑。琪琪格和我同岁，年轻人在一起话多，我给她讲我家那边的故事，她给我讲牧区的趣事。琪琪格爱笑，声音很好听，就像草原上的百灵鸟。张振山比我们大几岁，话语较少，听着我们说话他也微笑，不时地朝这边瞅上几眼。放羊的时候就更洒脱了。我们把羊群赶到草多的地方，任由它们自个儿觅食。我们呢，一般是找个低洼的地方，冬天捡点柴烤火，夏天支起外衣弄点阴凉避暑。无聊了就在跟前捡石头，你别看戈壁滩上现在光秃秃的啥也没有，那时候地面上铺了一层五彩斑斓的石头，我们只捡那种颜色好看圆润透明的彩色玛瑙珠子，带回去盛在罐头瓶里，特别好看。后来就不愿动手了，不是我们不会欣赏，成天生活在那里，对这些石头习以为常，审美疲劳了。听说现在宝贝了，戈壁滩上也看不到了。情窦初开的年纪，我对琪琪格产生了一种情愫。舍楞你笑我干啥，你敢说你没有那种想法？现在想想，那不是爱情，只是很有好感，希望每天能见到她，哪怕远远地打个招呼。等到这种情愫变浓的时候，我发现琪琪格的目光更多注视的是张振山，而且她看着他的时候脸上总是笑着，就连眼睛里也含着笑。直到那时候我才明白，原来他们早就好上了。

琪琪格对张振山的情意我们谁也看得出来，她也丝毫不掩饰对他的爱慕与依恋，几乎寸步不离。张振山放羊她就跟着放羊，张振山饮羊她就陪着饮羊，轮到他做饭她就帮着做饭，简直就是他的影子。这一切我们都看在眼里，并没觉得哪里不对，反而替张振山高兴，自个儿也高兴。马新军提醒张振山，老张你差不多点，别玩过火了。张振山笑笑。经常来我们班的还有一个人，名叫浜提来。他一来我就很紧张，肯定是来找事的。浜提来一米八几的个儿，身体魁梧，颠个大肚子走路忽颤忽颤的，远远就能感受到他的气势。浜提来是琪琪格的追求者，很不待见我们几个当兵的，有时候迎面走来故意扛我一下，那么窄的路，我直接跌倒滚下坡，他没事一样继续走。后来见面我就让他几分，绕开走。那也不行，他会来我们班里挑衅，逼我们和他摔跤。马新军被他缠得没办法，和他摔了一回，给他摔得差点起不来身。我和舍楞是新兵，他倒是不怎么搭理我们。他的目标是张振山。"走，我们摔一跤。"张振山自顾忙，不理他。"走，我们摔一跤。"张振山躲开，不正眼看他。"你不敢和我摔跤，那就离琪琪格远点。"张振山瞅他一眼，继续自己的事情。浜提来伸手抓他，他原地转个身，滑到一边去了，浜提来朝他扑，他陀螺似的又转个身，浜提来差点栽倒。关键时候琪琪格来了："浜提来你想干啥，跑这里撒的什么野，这里可是部队。"浜提来笑脸迎上去："我和他们闹着玩呢。"琪琪格白他一眼："还不是仗着块头大欺负人。"浜提来指着张振山说他也是大块头，不敢和我摔跤。琪琪格说人家不稀罕。其实，我们也都想看张振山和浜提来摔一跤，他也是一米八几的个头，身体特别健硕，我们希望他好好教训一下浜提来，别老来我们这里挑衅。但是，张振山总是躲闪，不和他交手，不给他缠磨的机会。有一次他被浜提来缠得脱不开身，脸色都变了，眼睛瞪得老大。我喊一声琪琪格来了，浜提来赶紧住手，张振山乘机躲开。琪琪格是来请我们去她家喝酒的。其实早上她家宰羊我们都看在眼里，知道晚上肯定要打打牙祭了。去琪琪格家吃肉喝酒是常有的事，那时候我们每个月六十三块津贴，酒的消费占了相当比例。在这么偏僻的地方枯守三年，必须找点乐子打发时间。幸亏有好客的琪琪格，有经常来蹭酒的浜提来，日子过得还不算寂寞。喝酒是蒙古族人的天性，浜提来能喝，琪琪格和她父亲母亲也都能喝，喝高兴了就唱歌。我们喝的是地方酒厂出的一种高粱酒，酒瓶贴上画两峰骆驼，六十度，我们称这种酒为牲口酒。我喝酒就是那时候学会的，刚开始的时候喝不过他们，后来就不分高低了。有人说喝酒主要看个人的身体素质，我不这样认为，那得看在什么环境，只要在部队待上几年，个个都能喝，死都不怕，还怕一缸子酒吗，醉一次就什么都不怕了。我们几个都能喝，六十度的牲口酒，每人能喝一瓶，照样不耽误第二天放羊。我们和牧民们处得很好，巴音温都尔所有的牧民家我们都去喝过酒，我们也请他们喝酒。

喝酒归喝酒，事情归事情，浜提来仍旧来找张振山的麻烦。瞎子也能看出来，他是因为琪琪格才和张振山过不去。我们担心这事儿不好收场。张振山喜欢了牧民家的姑娘，这已经违反部队规定了，而这姑娘还有别的追求者，这就更麻烦了，弄不好会破坏部队与牧民间的关系。但是，张振山是我们的头儿，是班长也是大哥，我们都希望他获得幸福，事事都为他着想，我们给他创造机会，替他保守秘密。公正地说，浜提来是个好小伙子，为人实诚，对琪琪格爱得死心塌地，放牧也是一把好手，琪琪格要是跟了他，肯定不受委屈。可人的感情就是这么怪，认准了谁就是谁。在我们的眼里，浜提来出现得实在不应该，典型的剃头挑子一头热，琪琪格对你毫无好感，你该干吗干吗去，干啥在这里死缠烂打啊。

那天琪琪格待到天黑了才回家，张振山送她回去。那年夏天特别闷热，屋门、窗户全敞开着，我们几个躺在炕上睡不着，迷迷糊糊地听着琪琪格的歌子唱了一夜。

浜提来终于和张振山打了一架。隆冬，刚下过一场雪，浜提来气势汹汹地来了，从他脚下的雪发出的咯吱声我就知道肯定没好事。我们在羊圈外面除雪，浜提来直接朝张振山扑过来，嘴里骂着脏话。"叫你欺负女人。"浜提来和张振山像两只发怒的羝羊，头抵着头较劲。我们一直盼着张振山和浜提来干一架，把他好好地收拾了。可当他们真正打起来时我们却乱了方寸。我和舍椤想去给张振山帮拳，却被马新军拦住了，只好目不转睛地看他俩角逐。没有拳来脚往，也没有头破血流，两个人头抵着头，四臂缠绕，使出浑身力气想把对方摔倒。张振山强健，浜提来结实，势均力敌。这场角斗持续了半个多小时，谁也没把谁摔倒，谁也没占着便宜，他们两个汗流浃背，我们看得血脉偾张。琪琪格闻声而来，大声呵斥。两个人谁也不肯放手，反而似乎因为她的到来而更加地用力了。琪琪格手里的牛皮鞭子雨点般毫不留情地朝他们两个身上砸下去。张振山先松了手，浜提来趁势把他撂倒。琪琪格的鞭子不停手，朝他身上招呼："你有病啊，有劲没处使，回你们家发疯去，跑这里撒野来了！"浜提来一把抓住鞭梢，本来眯缝的眼睛瞪得溜圆："你看看你自己，这是部队上的人干的事吗，当兵的就知道欺负女人。"琪琪格扯了两下，鞭梢被他攥着，没能夺过来，她丢开鞭子，双手叉腰说："我愿意，用你管。"我们这才发现，琪琪格的模样大变，挺着个大肚子仿佛变了个人。浜提来把皮鞭朝地上一扔："我到部队上告你去！"

那天我们谁也没去放羊，屋里枯坐一天。第二天起来，张振山把班里的事托付给马新军，说是要去琪琪格家后面的山上撬石头，给她家砌个羊圈，她家连个像样的羊圈都没有。马新军说不用这么着急吧，等开春天气暖和了我们一起弄。张振山苦笑一下，说我怕到时候就来不及了。

那年冬天，张振山硬是顶着严寒给琪琪格家砌了一个坚固的羊圈。羊圈砌好没几天，琪琪格在自己家里生了个儿子。难以想象，给她接生的是已经瘫在炕上几乎不能动弹的老母亲。那些天张振山基本上是住在她家照顾，班里的事马新军带领我们两个处理得很好。孩子满月那天我们都过去贺喜，没啥可带的就带了喝剩下的两瓶牲口酒。马新军让张振山给孩子取个名字，我插话说必须起个有纪念意义的名字。张振山说啥意义不意义的，这地方除了石头再啥也没有。琪琪格接话说就叫石头吧，我们蒙古人叫础鲁的多的是。

自从那次打架后浜提来再没有来过，连里春节来拉过一次肉食羊，对这里发生的事只字不提，我们想着这事就这么过去了，估计浜提来没有告发，连里还不知道这事。张振山甚至做好了打算，再挨一年就打复员报告，先回老家看看父母亲，然后回来当个牧民，守着琪琪格过日子。

二月二那天张振山派我去连队驮给养，给了我三十块钱让我绕点路偷偷去趟团部，去那边嘎查供销社给琪琪格和小石头买点东西。我们都没料到，那次回去连里我就再也没有回过畜牧班，再也没有见过张振山和琪琪格。

巴图础鲁

天黑了，妈妈把羊群赶进圈里，羊群终于安静了，或立或卧静静地反刍，月光下它们的眼睛映射着奇异的光芒。猫头鹰就蹲在羊圈后的山岗上不住地叫唤，有一只从水井那边飞来从我们头顶飞过，我听见它扇动翅膀的声音，我拽着妈妈的衣襟，紧紧地贴在妈妈身上。妈妈拉着我的手进屋，在炕上摸索火柴，"唰"的一声，一溜火光拉出一条亮线然后在妈妈的手里爆燃，妈妈点着了炕桌上的煤油灯，捏起一根红柳签儿挑挑灯芯，屋里亮堂了。"娃子，炕上玩去吧。"我丢开妈妈的衣襟迅速爬上炕。妈妈取来案板放在炕沿上和面，煤油灯把妈妈的影子照在墙上，墙上的妈妈忽高忽低，忽大忽小。"妈妈长高了，妈妈长高了！"我去抓墙上妈妈的影子。妈妈转身去灶洞里烧火，影子跟着去了。墙上留下我的影子，我伸手在墙上描画我的影子，影子也伸手和我一起描画。突然爆了个灯花儿，影子闪烁跳动起来，我一屁股跌坐在炕上。"娃子，础鲁娃子，你咋了？"妈妈喊我没应声，"础鲁娃子，你咋了，你盯着那看啥呢？"妈妈过来摸摸我的头，我"哇"的一声扑进妈妈怀里。黑夜太长，只有依偎在妈妈怀里才没有恐惧。正吃着饭，外面响起了脚步声，我惊恐地爬向妈妈，妈妈目不转睛地望着门外。先是一声咳嗽，我听出来浜提来的声音，妈妈长长地吁了口气。浜提来很少晚上来，来了也是吃完饭就走。那一回他坐了很久。我在妈妈怀里睡着了。我是被妈妈的咒骂声惊醒的，这种情况经常有，妈妈经常在睡梦中骂人，有时候还会哭，我挨过去抱住妈妈的胳膊她就醒了。我伸手抱妈妈，却抱了个空，睁眼看见浜提来骑在妈妈身上，妈妈挣扎着双手使劲地捶他大声地咒骂。我翻身坐起来。"础鲁娃子，他欺负妈妈，娃子打他，咬他。"妈妈朝我喊。我爬过去朝浜提来的胳膊上狠狠地咬下去。浜提来低头舔掉胳膊上的血，含住伤口使劲地吮吸。他的眼睛望着妈妈。妈妈抱着我，轻轻地拍哄，眼泪滴在我身上。浜提来下炕望着我，捏捏我的脸，说娃子，苦日子还在后头呢。我瓷愣愣地望着妈妈，黑夜给了我太多的恐惧。浜提来走了，妈妈下炕把门插上，把一根烧柴顶在门上。

天亮了，我听见羊们此起彼伏地叫唤。妈妈松开手臂，我翻身爬起来。"娃子，去把羊圈开开。"我答应一声，迅速下炕开门出去。天已经大亮了，饥肠辘辘的羊群不安地躁动，看到我过来突然安静下来，无数双眼睛齐刷刷地望着我。我费了好大的劲才把栓门的绳子解开，推开圈门的一刹那，羊们争先恐后地挤出来，毫不留情地将我撞倒，从我身上奔过去。我爬起来东奔西跑，试图把小羊羔挡下来，却没法把小羊羔和大羊分开，只能眼睁睁地看着它们跟着大羊撒野去了。小羊羔跑了，我没了玩伴，坐在羊粪堆里数羊粪蛋。

"娃子，羊羔呢？"妈妈从屋里出来了，边走边拧她的粗辫子。

"羊羔跑了。"我从地上爬起来，委屈地望着妈妈。

妈妈蹲下来："羊羔跟着它们的妈妈走了，羊羔子长大了，是该让他们跟着妈妈去吃草了。"

妈妈抚摸我的脸："我的础鲁娃子也长大了，知道心疼妈妈了，知道保护妈妈了。"妈妈把我揽在怀里，脸贴着我的脸，"娃子，我的娃子，赶紧长大吧，长大了就没人敢欺负妈妈了，去把那个没良心的找回来，看他还敢不敢把我们娘儿俩丢下不管。"妈妈说着眼泪就下来了，粘在我脸上。

黑夜比白天长，我趴在炕桌上看煤油灯上的火苗，轻轻地呼吸，火苗就会轻盈地舞蹈，顶上的黑烟跟着摇摆。妈妈手上夹着香烟，默默地望着炕桌上的茶缸。烟快燃尽了，妈妈全身哆嗦一下，烟头掉在炕上，她迅速捡起来，两个指头轻轻捏着凑在嘴边使劲吸一口，把几乎烧完的烟头丢在地上。妈妈端起盛酒的茶缸，注视着透明的液体看了很久，然后一饮而尽。从我记事起，许多晚上妈妈都是这样度过的，房后积了一大堆酒瓶。我不知道如果没有烟和酒，妈妈是不是能挨过三天，我不知道抽烟喝酒到底能给妈妈带来怎样的快乐或者安慰，我也不知道妈妈喝了酒清醒还是糊涂着，有时候她会对我说："娃子，来，和我喝酒。"我惶恐地望着她。

"你干啥不喝啊，我让你喝你干啥不喝啊，是不是和哪个女人喝去了，你是个男人吗，是个男人就不要丢下自己的女人，是个男人就回来看看自个儿的儿子。"

她的声调很高，眼神凌厉，我不知道怎么惹得她不高兴了，除了哭泣再没有其他表达。这时候她好像突然清醒了，坐过来抱紧我："哦，我的娃子，妈妈吓着你了，不怕不怕，是妈妈不好。"妈妈低头亲吻我，眼泪就滴在我的脸上，和我的泪水混在一起。妈妈偶尔会唱歌哄我，唱草原上舒缓的催眠曲，唱着唱着就拐上了忧伤的长调。

浜提来是我家的常客，并没有因为妈妈不喜欢他而气恼，也没有因为我咬了他而疏远，对我们的态度依然如故。那时候开始，妈妈让我叫他舅舅。那时候我不知道这个干爹怎么突然就变成了舅舅，妈妈让我改口我就改口。后来我才明白，妈妈是为了阻止浜提来的非分之想，我的舅舅就是她的哥哥，哥哥是不会欺负妹妹的。

　　我七岁那年夏天，妈妈终于下狠心把羊群托付给了浜提来，领我去苏木上学。我们在苏木上没有房子，妈妈借了亲戚家院里一间带炕的小凉房。我不是第一次来苏木，妈妈带我来过好几次，买东西，问事情。妈妈每次都去供销社和旁边的邮电局，供销社里买酒买烟，邮电局问有没有她的信。邮电局的人很热情，可妈妈却总是失望。越是失望，去得越勤。去得越勤，失望越多。回来的路上妈妈骑着毛驴搂着我，她的哭声在风中回荡。

　　我喜欢苏木，因为人多房子多，还因为住在苏木，妈妈就可以每天去邮电局了。

　　我去上学了。学校离家很近，不等上课钟声落下我就能从家里跑进教室。每天我去上学，妈妈也不会闲着，她去外面的荒滩上拾柴火，一捆一捆地背回来。那是我们做饭取暖的保障。妈妈拾了好多柴火，院子外面靠墙垛成大垛。但是，妈妈还是去拾柴火，背回来垛在亲戚家的柴火垛上，因为他们借给我们房子住。苏木上常住的几十户人家的烧柴都从附近的戈壁滩上捡，妈妈每天得走很远很远的路才能捡够一捆柴火。我告别了寂寞的童年，在学校里认识了许多同学和老师，我喜欢人多，热闹。但是，我的校园生活并不每天都快乐。似乎每个同学都知道我的身世，他们经常变着法子欺负我。"础鲁娃子没有阿爸，他是墙缝里跌出来的。""础鲁娃子的阿爸要女人，叫解放军枪毙了。""础鲁娃子的阿妈是破鞋。"这种语言是我最不能忍受的，打架就在所难免。我不是他们的对手，他们人多。那天他们又合起来欺负我，几乎所有的同学异口同声地"破鞋破鞋"地喊，我扑过去和他们打，衣服撕破了，身上打青了，鼻子出血了，我撕心裂肺地哭号。学校没有院墙，正巧妈妈拾柴回来看到这一幕，丢下柴捆把那些欺负我的孩子一把一个撕扯开。我跟着妈妈回家，哭得很伤心，我希望妈妈能把我搂在怀里哄哄我。但是，妈妈只是冷冷地望着我，等我哭够了才说话。

"你就没长手？他们打你你咋不打他们？"

"他们人多，我打不过。"我依然抽泣。

"是男人打得过你就打，打不过就忍着，不要动不动哭让人笑话。"

妈妈教我坚强，可她自己却极为脆弱。我无数次睡梦中被她的低泣惊醒，无数个夜晚，妈妈哄我睡着后就一直定定地坐在炕上，端起茶缸喝酒。以前住在畜群上，妈妈喝酒还有个节制。现在住在苏木，出门就是供销社，买酒很方便，没钱了就赊，等浜提来收了羊绒或拉来羊还账。

在我们这里烟和酒是联络感情的纽带，陌生人见面敬一支烟彼此就亲近几分，感情深了免不了喝场酒，所有的秘密就不再是什么隐秘的事了。在我们家，烟和酒是妈妈寂寞的陪伴，没有烟酒就没法挣脱黑夜的束缚，忘记白天的烦恼。妈妈留给我最深的印象就是喝酒，在家一个人喝，和浜提来喝，去人家划拳喝，甚至在供销社柜台前、在邮电局门口、在苏木政府大院里拎着瓶子喝。妈妈很容易喝醉，我记不清多少次连扶带拽地把她找回家了。我不知道妈妈有没有过真正的快乐，尽管我始终认为妈妈是我见过最美丽的女人，妈妈也会笑着和人家说话，可我没有见过妈妈那种发自内心的喜悦的笑容。妈妈的这种性格潜移默化地影响了我，在我的记忆里小时候没有多少快乐可言。童年的玩伴只有羊羔，我只能和羊羔说话。进了学校我是同学们欺负的对象，把我逼成了打架王。妈妈走后我孤苦伶仃，感觉自己是这个世界上最可怜的人。所以，我性格内向，人前很少说话。我去过苏木东边的涝坝边徘徊，我去过西边二十里地外的喇嘛庙里窥望，我也曾爬上北边的山冈上俯视。没有妈妈实在是太难熬了！唯一能让妈妈高兴的事就是浜提来的到来，他给我们带来肉食，带来羊皮羊绒，他来了妈妈就可以放开喝酒了。浜提来在苏木上有房子，但他每次来不住在自己家里，他一来就陪着妈妈一起喝酒。我们家的炕太小，放上炕桌两边就没有多大地方了。浜提来和妈妈分别坐在炕桌两边，我睡在炕里边。酒喝到一定程度妈妈会不由自主地唱歌，冗长忧伤的长调。先是妈妈一个人唱，然后浜提来也一起唱，两个人的声音合在一起就有了好几个不同的声调，似乎有许多人在合唱。这样的歌子每天都能听到，不管哪个角落，苏木总有一些人高兴或者惆怅或者忧伤地唱着酒歌。我的血液里流淌着民族的感情，忧伤的长调让人的惆怅浓得化不开。那时候我听不出妈妈歌声里的感情，我只是爱听，妈妈的歌是我最安静的催眠曲，我就在妈妈的歌声中熟睡。早上醒来的时候我发现炕桌上的煤油灯还亮着，妈妈和浜提来一东一西斜靠在墙上睡着了。

我九岁的那年冬天特别冷，雪下得很大，尽管妈妈给我穿上了羊皮袄，戴上了棉帽子，寒风还是在我的手上、脸上、耳朵上刮出了许多裂口。那天晚上妈妈照例又喝了酒，屋外的风雪呼呼地响，冷风从门缝里、窗户缝里钻了进来，夹带着一些细小的雪花儿，煤油灯的火光飘忽不定却始终不灭。妈妈在炉子里填了几根柴火，上炕把我搂在怀里，给我围上被子，把我的羊皮袄盖在被子上。妈妈望着我微笑，轻轻地抚摸我的脸颊。

"础鲁娃子，冷吗，冷了就喝点酒吧。"

我摇摇头，我望着妈妈的脸，妈妈的笑容很好看。

"来，喝一点吧，男子汉得会喝酒呢，喝上点酒就长大了，就啥事情也不害怕了。"

妈妈端起茶缸喂给我喝，那是我喝下的人生的第一口酒，肚子里像是点了一个火炉，身上热乎乎的。妈妈还给我说了好多话，但我一句也没记住，我迷迷糊糊地睡着了。

第二天早晨醒来，我看到妈妈趴在炕桌上睡着了，我喊妈妈没有叫醒。火炉灭了，我生着炉子，给妈妈披上被子出去上学。中午放学回到家里，火炉里还有余温，妈妈仍旧趴在桌子上熟睡。我喊妈妈，妈妈没有醒来。妈妈喝醉了，我煨着了炉子，在炕桌上的盘子里抓一块锅盔充饥。我该去上学了，妈妈依然没有醒。"妈妈，妈妈你醒来呀。妈妈，妈妈你别睡啦，我上学去了。"我大声地喊着，可是妈妈没有醒来。我摇晃妈妈的肩膀，炉火着得很旺，烤烫了炕沿和炕桌，我突然感觉妈妈的身体冰凉凉的。摸摸妈妈的脸，冷得就像外头的冰疙瘩。"妈妈，妈妈，你咋了？妈妈你醒醒啊！"我使劲地摇晃妈妈，妈妈趴在炕桌上一动不动。我扯开嗓子号哭，"妈妈，妈妈……"

浜提来匆匆赶来，去供销社买了一块鲜红的毛毯，把妈妈包裹起来。浜提来抱着妈妈失声痛哭，他一边哭一边骂，骂妈妈是傻女人，骂某个人是不要脸的畜生，说要去找到他，宰了他。浜提来抱着妈妈去西边的山梁上，我拽着他的皮大氅跟在后头。山梁上垛了大垛的柴火，那是妈妈拾来的烧柴，浜提来用骡车拉来堆在那里。浜提来把裹得严严实实的妈妈放在柴火垛上，庙里的喇嘛点着了柴垛。"妈妈，妈妈……"我看见妈妈被大火包围了，我挣扎着扑过去，浜提来把我揪回来紧紧抱住。"妈妈，妈妈，救救妈妈啊……"我哭号着，挣扎着，撕扯着，浜提来注视着火堆不松手。"舅舅，你救救我妈妈啊！"我哭求浜提来，可他不回答我。"你是坏人，放开我……"我捶打他，撕他的脸，扯他的头发，咬他的手臂，浜提来把我的身体箍得紧紧的。我哀号着望着火势渐渐减弱，我的妈妈就这样消失在火堆里……

聂建国

"那个人到妈妈死都没来看过她一眼啊，妈妈，我可怜的妈妈……"

巴图础鲁说不下去了，这个结实的汉子趴在桌子上号啕大哭，年轻的妻子低泣着伏在他肩上，轻声地安慰。我和舍楞都是当了三十多年兵的军人，见过了无数生离死别，可是现在，我们谁也不能控制自己的感情。舍楞一只胳膊支在桌子上，手扶着眼眶，肩膀不住地抖动。我亦伤感，凄然望着哭泣的巴图础鲁。我没有安慰他，和他与他的母亲受过的苦难相比，任何语言都显得苍白。三十多年来他不知道自己的父亲是谁，从没有得到过父爱，哪怕有关父亲的一点点消息，现在终于见到曾经和他父亲一起当过兵、一起放过羊的人，积压已久的感情突然宣泄出来，就让他放开哭一场吧。

舍楞在桌子上狠狠地擂了一拳："张振山，老子一定把你找出来。"

我拍拍他的肩膀，示意他安静。

到底是条汉子，巴图础鲁哭了一阵转过身，脸上挂着泪朝我们笑笑："让你们见笑了，长大以后就再没有哭过，今天在两位长辈面前流泪，失礼了。"

我握住他的手："孩子，我们来得太迟了，你们受委屈了，是我们犯了错，我想代表当年的畜牧班向你道歉，还有你的妈妈，过得太苦了。没想到这次来还能见到你，而且还这么出息，当了国家干部，我为你高兴，妈妈在天有灵的话也会为你高兴的。还有你的父亲，现在我还不知道他在哪里，相信我们会找到他的，我会告诉他你们的情况，相信他也会为你高兴和自豪的。"

舍楞："我回去就在户籍网上查，我就不信他还能飞出地球！"

巴图础鲁的家在镇上。当年的苏木已经改建成镇，早已不是原来的样子，高楼林立，车水马龙，成为一个有名的边疆集镇了。巴图础鲁请我们到他家做客，我们欣然前往。我没想到这趟怀旧之行会见到战友的孩子，我也没想到张振山居然一次也没有看过他们娘儿俩，我更不会想到琪琪格这个痴情的女子会苦苦地等他九年，相思而亡。年近六旬，经历了多少事，我以为自己把什么事都看开了，看淡了，现在我才明白，有一种期盼叫望眼欲穿，有一种爱叫相思成灾。我从来没有怀疑过老班长对琪琪格的爱，可我不明白他居然这么决然地抛弃了她，还有他们的孩子。现在有个想法，就道德而言，张振山根本配不上琪琪格，不值得琪琪格为他付出，为他痴痴地等待。听础鲁的说法，浜提来倒是个有情有义的汉子，当年我们如果不处处设障阻止他和琪琪格来往的话，说不定琪琪格的命运就不会这么凄惨。

事情是在我去连队领给养的那一天发生的。从畜牧班到连队六十多里路，我骑上骡子链着一大一小两头毛驴兴冲冲地去连里领给养。原本计划领了给养当天就回班上，半道拐去团部驻地所在的嘎查供销社替张振山买点东西。不承想刚装好东西还没出发，指导员突然从营房冲出来说等一等先别走，有任务。当天晚上，连长和指导员带我乘车去了团部，我被关了禁闭。熬到天亮有人来问话我才搞明白，张振山和琪琪格的事情被人告了，团里紧急撤回了畜牧班。我没有见到张振山、马新军和舍楞。事情不是我做的，和我没有太大的关系，但我知情不报也是违反了部队纪律，团里给了我严重警告的处分，把我重新分配到边防九连。后来我才知道舍楞也和我一样被警告，打发到十一连继续放羊去了。马新军是老兵，知道的事情也多，给的处分重一些，当年春天就退役了。我再没有见到张振山。这件事在地方传得沸沸扬扬，影响很不好，团里为此严肃整顿军纪，处理了几起有损部队和军人形象的事件。我在九连待了两年，后来提干去了别处。张振山不止一次和我说过，等到复员了回家看看老父亲就回来巴音温都尔，陪琪琪格过完这一生。我以为张振山和琪琪格结婚了，自由自在、恩恩爱爱地过他们向往的好日子。我一直坚持认为生活中原本没有那么多的烦恼和不如意，是我们无限放大了自己消极的心态，从而抱怨社会百态命运不公。所以我对待任何事都是以积极的态度，总是看到或想到其好的那一面。还别说我真的还梦到过琪琪格，赶着羊群欢乐地唱歌。这人啊，总是爱怀旧，脱掉军装没几天我就急切地来到西北找到舍楞来看我们当年的畜牧点。我迫切地想见到张振山和琪琪格。谁想到我们来到这里遇到的第一个人竟然是张振山和琪琪格的儿子，更没想到这样的结果。

巴图础鲁的言语不多，甚至有些腼腆。这个英俊的小伙子遗传了他父亲和母亲的优点，身材魁梧，相貌俊朗，只是眉宇间总是带着一些忧郁。我对这个年轻人有着莫名的亲近感，甚至自私地想，如果他把我当成亲人我绝对不会拒绝，还会弥补他曾经缺失的一些东西。我们在巴图础鲁家住了两天，他带我们去看了牧区新村建设，去牧民家吃了羊背子，还陪我们去了边防营。这里双拥工作搞得好，巴图础鲁和边防营主事的几个人都很熟悉，都是和他年龄相仿的小伙子。他们是否听说过曾经的那件事，是否知道巴图础鲁的身世，我没有问。拗不过巴图础鲁的热情，返回时又去他家吃了顿饭，这回我见到了一个老熟人，巴图础鲁去牧区接来了浜提来。这个家伙，老得让人认不出来了，身体还是那么高大，却比年轻时更加肥胖，眼睛眯得快看不见了，头发已然花白，已经不是当年老是欺负我的那个大块头了。我迎上去和他拥抱。

浜提来并不领情，推开我说："你们两个啊，我还以为张振山来了，早晚宰了他。"浜提来说着把怀里带着鞘的蒙古刀拍在桌子上。

"你老小子火气还像当年那么冲啊，来来来，我们摔一跤，看看你的本事还剩下多少。"我在他肩膀上擂了一拳。

"张振山呢，张振山咋没来？"浜提来仍旧冷着脸。

"看你这姿势，有本事你找他去，看看你这身肥膘，要是见了他还不是他的对手。"舍楞故意板着脸说。

"你说啥，我不是他的对手，来来来，你先来，看看到底谁厉害。"浜提来朝舍楞挑衅。

"好了好了，都过去几十年了，别一见面就打架，还以为很年轻啊。"

我把浜提来按在椅子上。舍楞看着涨红了脸的浜提来呵呵地笑。

"还算你们有良心，姓张的就不是个东西。"浜提来骂，"琪琪格哪里不好了，哪里对不起他了，一走连个音信也没有。你们也不是啥好东西，咋就不早点来，孤儿寡母过得啥日子，你们知道不？我干啥住在巴音温都尔不走，就是等着你们来呢，我等姓张的来和他算账，是他害死了琪琪格，我等他算账，给琪琪格报仇。"

他这么说话我再笑不出来，这个淳朴的牧民有颗金子般的心，是他一直照顾着琪琪格母子，收养了巴图础鲁，把他抚养成人。我在想，如果换了我，我会怎么做，巴图础鲁是情敌，甚至可以说是仇人的孩子，我能放下芥蒂给他一个父亲的照顾和呵护吗？就凭这一点，我佩服他，敬重他。我真心实意地给他敬了一杯酒，表示我的愧疚和对他的钦佩。

我问浜提来："巴图础鲁的身世有没有对他讲过？"

浜提来摇摇头："他不问，我也不说。是谁生的不重要，我就当他是我的孩子，琪琪格让他叫我舅舅，那他就是我的亲外甥。娃子命苦啊，遇了个狼心狗肺的阿爸，从小又没了阿妈，没少让人欺负，没处诉苦把眼泪往肚子里流。娃子和琪琪格一样好心肠，大学毕业考上公务员，哪也不去，就要来这里，我知道他是想离我近一些，好照顾我。你们说，我好好的，用得着他照顾。正好你们来了，咋说也算是个长辈了，好好劝劝，能去旗里还是到旗里去，娃子有出息，好好地活出个样子来才对得起他的阿妈。"

巴图础鲁不言不语地坐在我对面，面露戚色。酒酣处，我问浜提来当年是不是他向部队告了状。

浜提来忽地站起来："你小看人，我再咋也不会当小人，就是有天大的事我也不会不替琪琪格着想。"

我站起来按他坐下："对对，我是小人，这事情我不该问，我认罚，我自己喝一杯行了吧。"

浜提来仍旧愤愤："一个姑娘家，整天挺个大肚子朝军营里跑，谁还看不出来，巴音温都尔又不是就我一个人，好几家人家呢，谁知道咋传给部队了。不光我不会那么做，我相信巴音温都尔的人谁也不是那种小人。你别看不起放牲口的，放牲口的人心都是红的，不像你们，看着人模狗样，里头裹了一颗黑心。"

舍楞拍着巴掌："骂得好，知人知面不知心，老家伙我真的看错你了，来，我敬你一杯。"

巴图础鲁媳妇给我们填满酒，挨着他静静地坐下，我注意到这对小年轻总是很自然地牵着对方的手，不由感到欣慰，小两口的感情很好，巴图础鲁就该有他幸福的生活。

舍楞喝得有点多了，到底不是当年血气方刚的愣头青了，现在酒量大不如前。舍楞面向巴图础鲁："娃子你给我说，如果我找到了你阿爸，呸呸，他不配，如果我找到了张振山，你要不要见他？"

巴图础鲁显然吃了一惊，望着舍楞张张嘴，没有说话，媳妇挽住了他的胳膊。我和浜提来也望着他。

舍楞："你就给我说实话，你要是想见我保证给你找到他，我就不相信找不着他。你要是不想见他，那我就不找了，这号人不配当我的班长，更不配当爹。你说吧，一句话！"

泪水在眼眶里打转，巴图础鲁嘴张了又张，说不出话来。

"找，为啥不找，我等了这么多年就是等他算账，拼上我这条命，我也弄死他！"

浜提来在桌子上擂一拳，恨恨地说。

舍楞盯着巴图础鲁："我听你的，见还是不见，一句话。"

眼泪终于滚了下来。"我不知道。"巴图础鲁说罢别过脸去，身体不住地抖。媳妇抱紧他，头挨着头一起抽泣。

"行了，我知道了，等我的消息吧。"舍楞说着站起来，"老聂，走吧，我们回去。"

浜提来

础鲁娃子下车就朝我奔过来。

"找到了，他要来呢。"

"找到了？好啊，看我不扒了他的皮！"

"阿爸，他要来呢。"础鲁娃子望着我。娃子从小到大一向稳重，今天竟然连着两回跟我说了同一句话。我望着他，娃子的眼睛泪沁沁的，乱了方寸。

终于知道来了，以前干啥吃的。我走回屋里，坐在炕上抽烟。础鲁娃子跟着进来，杵在地上望着我。

"老聂来电话啦？"

"嗯，聂叔和舍楞局长都给我来了电话，说找到了，他不在老家，在其他地方当工人，已经退休了。"

"他给你打电话啦？"

"是聂叔的电话，聂叔去他家里了。"

"他说啥了？"

"他，他在电话里哭，说对不起我和阿妈，说天天想着我们。"

"天天想着还不来看看，要不是老聂找到他怕是早把这里忘掉了。忘恩负义的东西！"我忍不住骂了起来，当着娃子的面发了脾气。

"阿爸，"哈斯跪在炕沿上给我揉肩，"你干啥呢，你现在脾气越来越大了。"我的女儿是在抗议我了，这个丫头，对础鲁娃子真是死心塌地，不让他受一点委屈。

"你咋说的？"我问。

"我啥也没说。"娃子低下了头。

"阿爸，你说还能说啥呀，自从上次聂叔他们来过，他就没睡过个安稳觉。工作上不顺心，家里又出这样的事，没有心闲的时候。"哈斯说。

"那你啥意思，见还是不见？"

"我也不知道。"础鲁娃子说。

我骑摩托车去大水沟那边转了一圈。几十年来这地方我来过多少回已经记不清了。以前巴音温都尔人家多，我经常骑上骡子或者骆驼串门子喝烧酒，走到谁家住在谁家。来得最多的是大水沟，因为这里有琪琪格，她拴住了我的心。现在这里没几户人家了，我还是守在这里，隔三岔五骑摩托车来转一转，不为别的，还就因为这里曾经是琪琪格的家，她走了，把我的心也带走了。房子还是老样子，没人住的老房子能挺到现在保持原样也不容易，我给上过两回房泥。那个羊圈也还是老样子，羊圈是张振山砌的，我不想操心。人就是这么怪，越不想操心还越发惦记着，每次过来都走近了看一看，几十年过去了，圈里圈外的草青了黄，黄了又青，换了几十茬，可这圈墙没塌，也没少一块石头。张振山那家伙是没良心，干个活还是把好手，这个羊圈可以说是巴音温都尔最好的一个羊圈，甚至比他们畜牧班的羊圈还要好，宽敞、避风、保暖。这家伙早就知道要出事，也早就做好了走的准备，走了就不再回来了。可怜的琪琪格，你咋就那么傻那么笨呢，一点也没看出来他安的啥心。畜牧班的旧底子我基本没去过，讨厌那边住过的人，也讨厌那个地方。只是现在，我就站在这里了。羊圈早塌了，石头散落一地，大致还能看出个圈的形状，那间房子还在，没了门窗，里头的土炕也还没塌，遮风挡雨还是不错的。水井也还有水，几十年的老井，发过两次洪水居然没被泡塌，也不容易了。这里是我来得最多的地方，当年琪琪格每天就在这里打水饮羊。每次来这里我都会出现幻觉，我总是看见年轻美丽的琪琪格站在井沿上一兜一兜地打水，水槽满了她好像看不见，不住气地提水、倒水，水从槽里溢出来，地上湿了一大片。我去抢下水兜子："你是饮羊还是浇地呢？""哦，走神了。羊群该上井了。"琪琪格望着对面的山坡。"井沿上走神，你想啥呢，掉下去咋办？"我把井盖盖上。"给我根烟。"琪琪格这才看着我，脸上带着点笑意。这该死的笑脸，迷惑了我一辈子。我掏出烟给她点上，自己也点了一根，然后把整盒烟给她，她不客气地装在兜里。我在老榆树底下坐下，太阳晒得人脑门子疼，只有这棵树下是乘凉的好地方。我迷迷糊糊地睡着了，我梦到琪琪格来了，在井上打水，跟我要烟。手机响了，础鲁娃子打来的，他们明天到镇上，娃子一会儿开车来接我上去。

老聂电话说早上十点左右到，础鲁娃子太阳没出来就开始忙上了。其实也没忙个啥，镇上早有人来帮着把羊宰好了，锅灶上有哈斯给师傅打下手，他也插不上手。我看他进进出出找这个拿那个好似干不完的活，几次都叫哈斯喊住了，他找的拿的都是今天用不上的东西。"你和阿爸坐屋里歇歇吧。"哈斯把础鲁拉进屋，"你啥也不管了，有我呢，你陪阿爸说会儿话。"础鲁娃子头上出汗了，端起茶碗一口喝完，又倒了一碗喝完。这娃子，乱了方寸。看得出他很在意这次见面，自己在单位请了假，又叫了镇上的大师傅老包来家里给做菜。我没这份热心，我也不过问他们的安排，一早上就是坐着抽烟喝茶。我看出来了，娃子今天是认亲的架势，我有些难受，姓张的从来没有尽过一天当爹的责任，从来没有来看过他们孤儿寡母，凭啥娃子现在长大了有出息了你跑来认儿子？从小到大，是我一直供着你念书，把你当儿子养，还把宝贝姑娘嫁给你，现在有人认亲了你兴奋得没了倒正，娃子你有没有想过我的感受？就让他这么轻轻松松地认儿子吗？办不到！娃子年轻不记事，日子过舒坦了就把受过的苦忘掉了，我不行，是你抢走了我的心头肉，是你迷得她神魂颠倒见了我就躲，是你让她相思成疾最终命丧黄泉，是你不仁不义不忠不信遗弃了他们娘儿俩。现在知道认儿子了，没门！三十多年的煎熬，今天该做个了断了，我等这一天已经等得太久。我老了，你再不来我可能就抱恨终生了，苍天有眼，让我有生之年替琪琪格教训你这个王八蛋。昨天来的时候我就已经做好了打算，我要看看这个负心贼的心有多黑，拼上我这条老命也在所不惜。但是，现在看着础鲁娃子和哈斯这么大张旗鼓地忙碌我又有些忧虑。我是铁了心和他了结一切的，我担心不管是我还是他有个啥事娃子们能不能挺得住。是不是往日的恩情就此结束，是不是给他们破碎的心里又多一道伤痕？不仅础鲁娃子乱了方寸，我也无法揣测接下来会发生什么事。今天的时间过得很慢。

础鲁娃子在地上走来走去，看得我心烦："我说你就不能把屁股在炕上放放，绕来绕去绕得我头疼。"

础鲁娃子在我对面坐下，伸手又倒了一碗茶。

"行了娃子，一壶茶都叫你喝完了，不嫌上厕所麻烦？"

"阿爸，我心里紧张，见了面我咋说？"

"想咋说就咋说。"

"我是说我该咋称呼他？"

"想咋称呼就咋称呼。"

娃子抬眼望我一下，伸手拿过烟盒倒出一支烟点着猛吸一口。

好小子，今天抽烟了，社会那么大的火炉都没把你点着，今天亲爹要来就控制不住自己了。

哈斯进来猫儿一样贴在我身上。

"阿爸，你就帮帮他吧，指点指点他，你看他着急成啥样子了。"

"自己的事情自己处理。"

"阿爸，好阿爸，你就帮帮他，你看他这么着急我心里也不舒服，他嘴上不说，我知道他他心里一直想弄明白自己的身世，阿爸，只有他安心了我才能舒心，你帮他就是帮了我哦。"

这个丫头，太黏人。

"那得看人家的态度，事情没来，谁知道咋个应对，看情况吧。"

"阿爸，到时候不管发生啥事情，你可得向着他啊，他笨嘴笨舌的啥也不会说。"

　　"他笨？他要笨嘴笨舌你能看上他？"

　　"就是因为他太笨了我才喜欢啊。"哈斯嘻嘻笑着起开去，抬手朝我扬扬，"我家的刀子太老了，我用你的刀子剔肉。"

　　我下意识地摸下腰里。死丫头，要了我的命了。

　　舍楞的车快十一点才到，比计划迟了将近一个小时。这一个小时把础鲁娃子的耐性都熬没了，到院子外头看了好几回。终于来了。老聂和舍楞先下车，后门先下来的是个女孩，随后挽扶下来一个老头。精瘦精瘦的身体，好像还有些驼背，头发白了小半，眉眼没咋变。变成灰我也认得，不是张振山还有谁。老东西，不至于老得让人扶吧。最后下来一个女人，年岁也不是很大，穿着一般，看着挺精神。几个人下了车就像被孙猴子施了定身法，互相挽扶着盯着础鲁娃子。础鲁娃子也被钉在了地上，呆呆地望着张振山。三十多年过去了，我每时每刻都在惦记着他，盼望着一个了断，搞不明白我的脑子是不是坏掉了，就在这些天我好像忘记了他的模样，有时候睡一觉醒来，想啊想啊就是想不起来他长个啥模样。现在他又站在我面前了，已经模糊的影子一下子清晰起来，让我看得更清楚的是础鲁娃子，忽然感觉他就是年轻时候的张振山，比面前的张振山还像张振山，唯一变了的是他没有穿那一身草绿的军装。

　　张振山步履蹒跚地朝前蹚步，泪水长流，嘴里念叨着："石头，是我的石头，我的石头……"

忽然，他紧走两步，猛地扑向础鲁娃子紧紧抱住，放声大哭："我对不起你们啊……"

础鲁娃子还是钉子一样杵在那里，双臂低垂，被他抱着，他没有看他，头往上仰着，眼泪顺着脸颊滚下来淌在脖子上。一老一小两个女人搀扶着过来，抱住他们一起哭。张振山的哭声特别大，好像把胸腔扒开了似的哭，础鲁娃子倔强地仰着头，谁都能听到他喉咙里低沉的吼声。娃子哭得让人心疼，哈斯抱着我的胳膊，眼泪染湿了我的肩膀，老聂和舍楞背过身去擦眼泪。我发现我对他的仇恨在一点点地消失，我差点就被他们的眼泪软化了。我甩开哈斯，大踏步走出大门。

"别猫哭耗子了，睁开你的眼看看我是谁。"

可能是我的声音够大，哭鼻子的人都怔住了，老聂、舍楞也转身望着我。张振山松开础鲁，朝我走过来："好兄弟，我谢谢你，谢谢你照顾他们。"

我抓住他伸过来的手往怀里一带，顺势抬脚勾住他的一只脚往外一送，结结实实地把他摔在地上。我听到他们纷纷惊叫，两个女人呼喊着去扶张振山，哈斯喊一声"阿爸"把我死死拽住。我把她搡在一边，朝张振山走过去。

"站起来，你不是挺厉害吗，站起来打呀，老子等这一天等了三十多年了！"

两个女人惊恐地望着我。

张振山从地上爬起来，抬手把女人推开。

"兄弟，我知道你有气，是我对不起你，对不起他们娘儿俩，你想打你就打……"

我还不敢打你了，我一拳挥过去打在他脸上，他的脸立刻花了，血珠子眼泪一起飞溅。猩红的血色刺激了我的大脑，我扑上去猛挥拳头，边打边骂。

"还知道回来啊，还是人吗，你丢下孤儿寡母死到哪去了，你知道他们受了多少罪吃了多少苦，你就不知道回来看看他们，你就忍心他们饿死穷死苦死，你知道琪琪格死得多可怜……"

我不知道自己打了多少拳，他没有抵挡也没有回拳，我抬腿一脚把他踢倒在地上。我下意识地摸摸腰里，我的刀子被哈斯偷去了。

"起来，是个男人就站起来和我打，来啊，让琪琪格看看你这个英雄，来啊，打啊！"

张振山站起来，朝我走过来："兄弟，是我错了，我对不起他们母子，你打吧，就是打死我也不还手。"

这家伙要无赖，年轻时候不和我摔跤，现在也不和我打架，我就气这样的人，是骡子是马拉出来遛遛，力气上见真章，这么躲着算啥事。我出手搭在他肩膀上，毫不费力地把他扔了出去。这家伙下盘轻浮，压根就没想和我摔。

"不想摔是吗？"我俯身提起他，"你知道琪琪格怎么死的吗，到死都没叫人碰一下，你知道础鲁娃子咋长大的，是在人家的白眼里长大的，你有良心吗？你有家有室咋就不想想他们的可怜，别给我装软蛋，起来，我替琪琪格收拾你，我替础鲁娃子收拾你……"

张振山忽然哭喊起来："我错了，我对不起琪琪格，我对不起石头，你打吧，打死我吧，我错了，我早就不想活了……"

还和我耍赖皮，还给我唱苦情，老子不吃你这一套，我脚下使力，一绊子把他撂出去老远。直到这时候老聂和舍楞才过来挡住我。

"浜提来，够了！不能再打了，再打就出人命了。"

"我就是要打死他，打死老子给他抵命！"

"行了，孩子们都看着呢，巴图础鲁受的苦难够多的了，不能让孩子再有负担。"

老聂一句话把我点醒了，是啊，我咋就一点都没想过娃子们的感受呢？我猛地打个激灵。

张振山的姑娘朝我跪下了："叔叔，求您再别打我爸爸了，爸爸一辈子过得太苦，求求您了叔叔，爸爸身体有病，经受不住啊！"

哈斯拉姑娘起来，姑娘不肯，仍旧跪着哀求："叔叔，您是不知道爸爸这辈子过得有多苦，爸爸来这里看过琪琪格妈妈和哥哥，可是部队不让他再待在这里，回到家乡人家都不待见，爸爸只能背井离乡到处流浪，直到三十多岁才遇到妈妈。叔叔，我长这么大几乎没有看见爸爸笑过，这么多年来，爸爸一直把伤痛压在心里，他心里的苦太多了啊。那天聂叔叔找到我们家的时候您不知道爸爸哭得有多伤心，直到那时候妈妈和我才知道爸爸的过去，才知道这里有个琪琪格妈妈，我还有个哥哥。叔叔，求求您原谅我们吧，爸爸心里头装着琪琪格妈妈，他也爱石头哥哥啊，叔叔，求求您了。"

姑娘的哭诉把我的心揪得生疼，我擦把眼泪，伸开双手揽着老聂和舍楞："走，进屋。"

巴图础鲁

我确定，张振山就是我的父亲，我的阿爸。就在见到他的那一瞬间，我看到了我衰老的样子。我想扑上去紧紧地拥抱这个给我生命的人，告诉他阿妈死得多么委屈多么可怜，哭诉我三十多年的期盼和受过的苦难。我更想质问他为什么抛弃了我们母子，这么多年不闻不问，看都不来看我们一眼。我甚至想狠狠地揍他一顿，替阿妈讨一个公道，我的妈妈，就是因为他，苦苦等了九年，最终含恨而去，我想替阿妈问一声，你是否真的爱过。可是我说不出话来，我不知道该说什么，我不知道先说哪个，我以为他死了，真的像人们传说的那样被枪毙了，可他现在就在我跟前，紧紧抱着我哭号。所有的感情都变成液体从眼睛流出来。妈妈，他回来了啊！我听到了自己胸膛炸裂的声音。

我强忍着心中的悲痛把客人们让进屋里。哈斯端来脸盆请张振山洗脸，他老婆，那个中年妇女接过毛巾给他擦洗脸上的血迹。他们的女儿亲热地挽着我的胳膊，依偎着我，仰脸看着我。我知道，这个女孩就是张振山和那个女人的女儿，是我同父异母的妹妹，她这么亲热，让我很不自在，可也不忍推开她。我尴尬地看向哈斯，哈斯望着我们抿嘴笑笑，自顾给客人们沏茶。围桌而坐大家都有点局促，张振山一家都望着我。以前也有人这么盯着我看，我总是昂起头回视，我知道他们无非是可怜我的身世，我不接受他们怜悯或者轻视。可是今天，我好像第一次有了羞涩的感觉。

老聂首先打破了尴尬的气氛，笑着说："班长今天怎么总是盯着儿子看，就不考虑一下老战友的感受。行了，离散三十多年，今天终于团聚了，以后天天看，看个够。"

舍楞给各人斟满酒，端起酒杯站起来："今天是在础鲁娃子家里，大家都不算外人，我先开场子吧。班长，三十多年不见，特别怀念当年大通铺一起放羊的日子，我先敬你一杯，祝贺你一家团圆。"

张振山站起来和他碰杯，不说当年事，只说感谢战友们把他找回来。他喝酒很干脆，一两多的口杯一口喝干，一滴不剩。

"本事没有，喝酒还像个男人。"浜提来到底是能盛住事，好像忘记自己刚才打得人家满脸开花，也不再提过去的事，端起酒杯朝张振山举举，"我和你喝一杯。"他喝酒不像张振山那样仰头就干，他是慢慢地吸慢慢地品，一口气一杯酒，一样干脆。张振山端起酒杯朝他举举，仰头喝干。

姜是老的辣，浜提来这杯酒就是一个姿态，气氛活络起来。

老包精心制作的烤羊上来了，我和哈斯一起给长辈们敬酒。面对张振山我张不开口，只能以晚辈的姿态躬身敬上酒杯。张振山和他女人眼里闪着泪花接过酒杯，让我不敢直视。我们给他女儿敬酒，她又靠过来挽着我的胳膊："我从小就盼望有个哥哥保护我，没想到真的从天上掉下来个哥哥，还有这么漂亮的嫂嫂。嫂子，我和哥哥亲，你别吃醋哦。"

哈斯笑着说："你爱咋亲咋亲，我不稀罕。"

长辈们都笑了。我和哈斯同妹妹碰杯，她们笑吟吟地望着我，像两朵盛开的花儿。我也笑着，却突然模糊了她们的影子，幸福装满了我的眼眶。

浜提来给大家分团结肉，鲜板^①上端着一块肉敬给张振山。到底是在这里待过，张振山懂牧区的规矩，恭敬地接过肉吃了，又和浜提来碰了一杯酒。

浜提来望着他："丫头说你回来过？"

张振山神情黯淡，放下酒杯擦了擦手，给我们讲了他的事情。

部队的处罚决定转到了家乡民政部门，家门上光荣军属的牌子被摘走了，原本落实政策安排工作的事也黄了。他的事情被传得沸沸扬扬，走到哪里都被人家指点，曾经的功臣却给家里带来极大的侮辱，连累家人也抬不起头来。血气方刚的他不想活在人家的白眼里，离开家乡外出打工。背井离乡的感受虽然痛苦，但不及相思的煎熬，心里时时刻刻想着琪琪格和孩子。他想回去，和琪琪格一起生活终老戈壁是他给她的承诺。然而，他又无法回去，他向部队做过保证，不再回到犯错的地方。他把这份感情深埋在心里，白天拼命地劳动，深夜独自咀嚼痛苦。漂泊了三年，那份感情越来越炽热，他决心冒险回去一趟，不能待在牧区，那就偷偷把我们娘儿俩接出来，去一个不为人知的地方生活。他真的回来了，去了他魂牵梦萦

---

① 鲜板：蒙古语，羊的肩胛骨。

的那个地方。他远远地望着琪琪格在井上打水饮羊，他也看到了我，他的儿子，追赶着羊羔跑。后来就看见了浜提来，替换琪琪格打水。张振山说牧区虽然寂寞艰苦，但是只要和自己心爱的人一起，那就是最幸福的生活。看到浜提来，他猜想琪琪格终于接纳了浜提来。他不想打扰我们的幸福，所以，毅然决然地转身走了。

"为什么，为什么你不见妈妈呢？"我不能控制自己的感情，"妈妈那么想你，为什么不见我们，为什么啊？"我的眼泪像汹涌的山洪，我的感情仿佛撕裂的天空。妹妹紧紧地抱着我的胳膊，哈斯握紧我的手。

"孩子，我不敢奢求你原谅，我自己都不能原谅自己，都是我的错……"

张振山还说了什么，我没有听见，我听见了妈妈的哭泣，黑夜里，妈妈久久地对着煤油灯枯坐，把一缸子烈酒和着眼泪一起喝下。

我无声地哀泣，没有人劝我，我的亲人们理解我此时的苦楚，让我尽情地宣泄。

"她看见你了。"浜提来突然说。

"什么？她……"张振山站起来。我们也都望着浜提来。

"她看见你了。"浜提来从烟盒里倒出一支烟，舍楞拿起打火机给他点上。

"那天刮了大风，我去了琪琪格家。眼看大风就要来了，我换下琪琪格打水饮羊，让她领着础鲁娃子回屋里做饭。我饮完羊回去，只有础鲁娃子一个人坐在门前哭，琪琪格不在屋里。等了半天也没回来。那么大的风，我担心她出啥事，带着娃子骑摩托车在跟前找了一大圈，看见她迎着风在滩上跑。她说她看见你了，远远地站在大水沟那边看着她。她丢下娃子去找你，走了很远，没有找到你。我以为她看花眼了，我也不相信你会回来，更不相信你来了又不见他们。琪琪格肯定地说她就是看见你了。那天风特别大，拗不过琪琪格，我捎着她们母子顶着大风去了嘎查，黑天半夜里挨家挨户地敲门打问，都说没见生人来过。琪琪格回来就大病了一场，病根就是那时候落下的。"

张振山跌坐在椅子上。"那天是刮着大风……我怕人认出来，提前下了班车，那天晚上我在一个公路涵洞里待了一宿……"他眼泪长流，喃喃念叨着，"是我害了她，是我害了她啊……"

他女儿过去安慰他，给他擦拭眼泪，他挡住了，接过纸巾自己擦擦。

"哥哥，请你相信我，爸爸是爱琪琪格妈妈的。爸爸给我取名叫张小花，我嫌这个名字土气，上中学的时候自己改成了张晓华。哥哥，聂叔叔说琪琪格就是花儿的意思。爸爸思念琪琪格妈妈，爸爸叫我的时候其实就是在喊琪琪格妈妈啊！哥哥，原谅爸爸吧。从今天起，从现在开始，我不叫张晓华了，就叫张小花，张琪琪格，哥哥……"

张小花，张琪琪格，我的妹妹泣不成声。她的妈妈，我应该叫阿姨吧，她坐在那里，脸色霜白，也是泪流满面。我感激我的妻子，哈斯总是能感应到我的感受，她和妹妹一起从背后拥抱住她。

"我去找过你。"浜提来说。

"我恨不得你死，从你最初来到大水沟放羊的时候我就讨厌你。我也恨琪琪格，死心塌地地和你好，你抛弃了她，她还那么想着你护着你。畜牧班撤走后我高兴了一阵子，我不管琪琪格生了谁的孩子，我只要和她在一起就行，我以为你们走了琪琪格就会和我好。可是我想错了，琪琪格的心里没有我，她爹妈死了是我送出去的，我几乎把他们家的事情全包干了她也不和我好，碰都不让我碰她一下。有一次我趁着酒劲想要了她，她死命地反抗，才四岁的小石头把我的胳膊也咬烂了。琪琪格哭得让人心疼，她劝我赶紧结婚，别再去打搅她。我听了她的话，找个女人结了婚。结婚之前我出了趟远门。我去了你们县，我想着找到你，不管你混成什么样子不管你结没结婚我就是捆也把你捆回来。可是我从来没有出过远门，到了你们县城就没了方向，我在那边待了一个礼拜，问了多少人记不清了，就是没有你的消息。我灰溜溜地回来了。我没有对琪琪格说这件事，和谁也没有说。为了她，我可以去做任何事，甚至为她去死。我不想再给她惹麻烦，所以我结婚了，生了个女儿。为了她我心甘情愿地替她放羊供养她生活，我替她把础鲁娃子拉扯大，还把女儿给了他。我们家两代人心甘情愿地为她们母子付出一切。"

张振山和他女人站起来，一起给浜提来深深地鞠了一躬。然后转身，给哈斯也鞠了一躬，哈斯惊得躲在我身后。

老聂说："行了，架也打了，酒也喝了，肉也吃了，事情也说清楚了，大团圆啊，再别这么悲凄凄的了，让人看着心里也难受。"

舍楞站起来，说："走吧，础鲁娃子带你爸爸去那边看看，恐怕你爸爸的心早就飞到那里去了。"

舍楞把"爸爸"两个字说得很重，我感觉所有人的目光都看着我，我不知道该如何回答，起来出去发动汽车。

一路上张振山一言不发，张小花趴在我身后叽叽喳喳问不完的话，阿姨不时提醒她："你少说两句，让哥哥专心开车。"我没有回头，听着她们说话心里暖暖的。我把车停在家门口，张振山坐在副驾驶座上怔怔地望着那座房子。"下车吧。"阿姨拍拍他的肩。"还是老样子，一点没变。"张振山的眼睛湿润了。"老聂他们过来了，下车吧。"阿姨先下了车。

我解开包裹锁头的塑料袋打开房门。屋里空间小，七八个人进来就把地上站满了。屋里还是原来的陈设，我也只是偶尔路过的时候进来歇个脚，很少在这里住宿。张振山摸摸炕上的毡子，在炕沿上坐坐，然后上炕盘腿坐下。炕桌下有火柴盒和红柳签，他刷着火柴点炕桌上的煤油灯。灯油早就干了，我从墙洞里掏出半截已经变形的蜡烛给他，点着了支在炕桌上。老聂上炕在他对面坐下，拿起炕桌上的一个草绿色搪瓷缸子端详。

"舍楞你看，这还是那会儿我们从班里拿来喝酒的茶缸，还留着呢。"

张振山拿起另一只茶缸，仔细地端详。我仿佛看到了妈妈，深更半夜对着孤灯独坐，端着这个茶缸喝酒。我记得很清楚，这样的茶缸有四个，其中两个被妈妈带去了苏木，妈妈走的前一天还用它给我喂过酒，后来我没收拾，不知道到哪去了。

"哥哥，走了这么远也没看见别的人家，就你们住在这里吗？"张小花问。

这丫头，下车就一直挽着我的胳膊。

"础鲁娃子就是在这个炕上出生的。"舍楞说，"琪琪格在屋里哭喊，我们几个在外面听着难受。"

"哥，你命好苦。"张小花抱紧我，仰头看着我，眼睛里泪花闪烁。阿姨用衣袖擦擦眼泪，望着我："孩子，你和你的妈妈受苦了，现在找到爸爸了，还有你妹妹，如果不嫌弃，就当我是妈妈吧，我们是一家人。"

我望着她，强忍着泪水不流下来。

"走吧，去井上。"浜提来顺手拿了门背后的铁锹递给我。

秋高气爽，太阳已不似夏天那么酷热，滩上的草儿由青变黄，暖融融的望不到头。小时候从家里走到井上感觉很远的路，如今几步就走到了。水井旁边有一截石头垒砌的沟堤，浜提来让我把它刨掉。我不知道他什么想法，让我刨我就得刨。

老聂："浜提来你干啥呢，你想把井填了啊？"

舍楞也说："别填啊，填了干啥，说不定还能帮帮过路的人。"

石头墙垒得并不结实。浜提来推开我，自己用锹在那里掏挖，很快露出一个扣着的搪瓷脸盆。大家好奇地围过去看。

浜提来让张振山把脸盆揭开，张振山疑惑地蹲下轻轻地揭开脸盆。脸盆里什么也没有，扣着的地方依稀有点痕迹。

老聂："浜提来你这是唱得哪出戏？"

"看清楚些，那是啥？"

舍楞："好像一个脚印，对，就是一个脚印，解放鞋的脚印，旁边还有个羊蹄子印。"

"你再看看，是谁的脚印。"

舍楞望着张振山："班长，是你的脚印，你的鞋最大，我和老聂穿三九的鞋，老马是四零的，你脚大，穿四二的。这是啥时候留下的脚印子？"

浜提来坐在井沿上，点了一支烟。我们都疑惑地望着他。

浜提来慢吞吞地说："这个脚印扣了三十几年了。"

妈妈料想不到畜牧班撤得那么突然，都没来得及和她告别。妈妈猜到他们的事可能被部队知道了。她去了团部，连续去了好多次，部队领导给了她些许安慰，却没得到想要的结果，也没见到畜牧班的人。那时候这件事在地方上传得沸沸扬扬，给部队声誉造成很大的影响。部队始终没有告诉她张振山的处理结果，各种说法在牧区到处传说。有人说张振山被判了刑，也有人说他被遣送回原籍了，还有人说他被枪毙了。妈妈没法核实这些传言，整日以泪洗面。一次放羊时发现了张振山的一个脚印，虽然模糊，但还能辨认。妈妈从家里拿来脸盆把那个脚印扣了起来。然后，她去他曾经走过的地方仔细地寻找他的脚印。戈壁风多，很难留下过去的印痕，纵然如此，她还是找到了几个张振山的脚印，把家里的脸盆、面盆，甚至铁锅也都用上了。没有心思干别的事，每天背着我挨个去看张振山的脚印几乎成了她生活的全部。日子天天过，张振山不同地方留下的几个脚印之间被她走出了一条连贯的小路。浜提来把这一切都看在眼里。他想去把那几个脚印都抹掉，却不愿伤她的心。这种情况没有持续多久，一场风刮跑了扣着脚印的脸盆，自然也刮掉了扣着的脚印，妈妈失魂落魄地在狂风中哭喊。三四个脚印最后只留下水井旁边的这一个。妈妈怕牲口把脸盆踢翻，每次看过后原样扣好，在上面压上一块大石头。她对这个脚印视若珍宝，每天都要揭开看一阵，脚印在岁月的流逝中渐渐模糊了。妈妈担心有一天这个脚印也会消失，她固执地认为，把张振山的脚印扣在这里，就是把他的魂魄留在了这里，他终归会找回来的。浜提来不忍她每天守着一个脚印，更不想让她伤心，终于说服她，把这个脚印永久地埋在这里。

讲到这里，浜提来声音哽咽，抬起衣袖擦拭眼角。老聂和舍楞默默地转过身去。张振山早已泪挂两腮，哭倒在地上。

"我来了，我回来了，我来看你了啊……"

浜提来突然大脚一抹，那个脚印消失了。

"你……"

张振山望他一眼，在脚印处捧起一把沙子，沙子在他手中一点点漏下。

浜提来："都过去了，谁有谁的命，命长命短又能咋样？姓张的，我在这里等了你三十几年，你说这么多年我干啥不行，偏偏就守在这里？我就是等你来，替琪琪格等你来。说实话，我看不起你，真的看不起你，要不是老聂他们找到你，你都没脸再回来这里，你还不如础鲁娃子坚强，他敢认抛弃了他三十几年的阿爸，你不敢回来见自个儿的儿子，他找你没处找，你找他太容易了。姓张的，我真的看不起你，可我羡慕你，琪琪格为了你死了，你老婆这么护着你，丫头又这么懂事，就连儿子都有人给你养大，你说你咋就这么好的命哪？"

张振山没有搭腔，紧紧地攥着我的手。

浜提来走到我跟前拍拍我的肩："娃子，我还你一个阿爸，我也不拦着你的工作。事情都过去了，我也不想住在这里了。你阿妈的房子想拆就拆吧，还有我的房子，拿拆迁款在旗上买个楼房，我给你带娃娃去。"

张振山朝浜提来伸出手："兄弟，谢谢你！"

我们都望着浜提来。

浜提来瞅瞅张振山，终于没有拒绝。

原载《飞天》2024 年第 1 期